os intransitivos

os intransitivos

CACÁ MOREIRA DE SOUZA

Ateliê Editorial

ISBN 85-7480-146-1

Direitos reservados à
ATELIÊ EDITORIAL
Rua Manuel Pereira Leite, 15
06709-280 – Granja Viana – Cotia – SP
Telefax: (0--11) 4612-9666
www.atelie.com.br
e-mail: atelie_editorial@uol.com.br

Printed in Brazil 2002
Foi feito depósito legal

Para Sérgio Leça Teixeira, o poeta Gio, meu primeiro amigo em São Paulo, que, do plano superior em que sempre esteve, atenuou o barulho de minhas loucuras, riu de meus estardalhaços, suavizou a aspereza dos caminhos, poliu as arestas de minhas farpas; de sobra, desvendou-me Bandeira e Cecília – pulso forte, coração desmedido, vastidão!

Meu pai, o velho João, a calma nos vendavais
Minha mãe, a velha Nê, a explosão de mil átomos
Música e letra que eu não canso de ouvir!

sumário

prefácio

COMEÇO ESTA APRESENTAÇÃO COM UM LUGAR-COMUM, verdadeiro truísmo: escrever sobre a produção literária do amigo é tarefa por demais delicada. Serei sincero? Direi tudo que penso? Não será melhor usar um tom neutro e acadêmico, para evitar elogio ou crítica melíflua?

Ao ser convidado para prefaciar *Os Intransitivos*, fui tomado por essas dúvidas. Porém, a cada página que lia, progressivamente aderia ao objeto, a ponto de tê-lo como meu. O mínimo que se pode afirmar é que se trata de uma obra vigorosa e contundente, vazada numa enorme capacidade de registrar o presente e suas brutais contradições.

Percorre o livro um olhar crítico e agudo, submerso no mundo ficcional, que escava o cotidiano urbano e devassa, a partir de pequenos detalhes, a precariedade de nossa existência nestes tempos tão ferozes, cujo sentido parece se esvair a cada segundo no vazio.

Por estas páginas desfilam os mais diversos conflitos de que se compõem vidas feitas de desencontros e impossibilidades, negações e frustrações, vez por outra sublimadas em breves tréguas e momentos de síntese fragilíssima.

A dicção do escritor oscila entre o mais amargo e acre tom, que se desdobra em caricaturas ferinas e devastadoras, e o mais intenso lirismo, que reconhece no outro o próprio limite do ser, sem deixar de lado sequer o humor que se tece a partir da mesquinharia.

Seu olhar é o de um espectador privilegiado, capaz de enxergar através das paredes para percorrer e descarnar as nossas contradições – como faz o narrador do conto "Os Vizinhos", um dos momentos mais altos do livro. Nessa narrativa as vidas dos moradores de um edifício se cruzam e lentamente se desdobram nos pequenos e universais dramas humanos: a solidão, a incomunicabilidade, os percalços do amor e do desejo, a falência das relações convencionais, as máscaras com as quais buscamos todos, nos termos do autor, esconder nossa permanente intransitividade. Assim, o que pertenceria ao recesso do íntimo transcende, de chofre, os seus limites momentâneos, alcançando o nervo mesmo da falência geral.

Se não há a menor complacência nem para com o eu nem para com o outro, há capacidade de compreensão verdadeira: não se julga nem se condena, somente se constata a monstruosa rede de perversões e horrores que talvez seja a matéria de que a vida sempre foi composta.

Há dois tipos de "intransitivos" entre os personagens: aqueles que não puderam deixar de sê-lo em razão da sua enorme sensibilidade, que os isola do mundo ao redor, e aqueles que desejam ansiosamente sê-lo, na fúria de destruir os primeiros, que não cessam de denunciar-lhes a pequenez, cristalizada nas convenções.

Tanto nas narrativas mais longas da primeira parte quanto nos condensados "fotogramas" da segunda estão presentes as qualidades literárias da obra.

O conto tal qual o entendemos é uma forma narrativa moderna, cujo principal distintivo estético se encontra na habilidade de concentração e condensação da matéria narrativa. A economia calculada dos meios expressivos é sua maior qualidade.

Sob esse aspecto os "minicontos" do autor dão prova da sua virtuosidade narrativa. Alguns são tão intensos que transitam pelo poético, no sentido pleno da palavra. Outros são enigmáticos; muitos, divertidos; todos agudos.

Já contos como "Egrégia" ou "A Tranca" são demonstração de que, paralelamente à maestria técnica, os textos reunidos no livro se alimentam da substância de que a vida é feita: contradições e misérias. O salto da bicha para a morte e o silêncio da mulher burguesa são as pontas da mesma linha na qual se cruzam todos os destinos humanos, principalmente o dos excluídos, que caminham nestas páginas lado a lado com seus reversos.

A oscilação entre opostos é perceptível no trabalho com o espaço como categoria ficcional: a ambientação dos contos oscila entre o mundo interiorano e o mundo da grande metrópole de que São Paulo é a síntese. Outra oscilação se encontra no ir e vir constante entre o confessional e o ficcional, o memorialismo e a recriação plena do já vivido. Sob esse aspecto é notável também a capacidade do escritor de oscilar entre a primeira e a terceira pessoa, ao mesmo tempo em que exercita a oscilação de gênero (masculino/feminino) na dicção dos diversos narradores.

Seja na bodega da cidade do interior ou no apartamento ao lado, seja na voz do andarilho ou da cantora em crise, seja no conflito de uma dona-de-casa reprimida ou de um menino de rua, os dramas se confundem, e a danação de fato cabe aos "mornos", pois os que ousaram ser "frios" ou "quentes" terão cada um o seu inferno particular.

Tudo isso se encontra condensado na página inicial, em que desfilam – num fluxo de vômito incontrolável – os substantivos pluralizados que nos reduzem às categorias humanas e, às vezes, sociais nas quais consentimos em ser transformados e nas quais esvaziamos lentamente o sentido, precário, de uma trajetória mais autêntica.

Esse procedimento, mesmo que ausente em algumas partes do livro, lembram-nos de que o plural é o avesso do singular, o outro o avesso do eu, o excluído o avesso do que exclui, o amante o avesso do objeto amado, num mundo no qual a existência foi, na essência, irreparavelmente danificada.

JOSÉ EMÍLIO MAJOR NETO

Conheço as tuas obras: não és nem frio nem quente. Oxalá fosses frio ou quente! Mas, como és morno, nem frio nem quente, vou vomitar-te.

Apocalipse 3, 15-16

igos os fidedignos os assumidos os rebeldes os iconoclastas os transgressores os fatigados os ambiciosos os chifrudos
nos os radicais os fissurados os destemidos os higiênicos os umbilicais os dionisíacos os macabros os hiperestésicos os bu
rosos os lúbricos os melindrosos os sacrificados os narigudos os ciumentos os punheteiros os cricris os ultimogênitos os ir
dos os veredeiros os sacudidos os militantes os largados os hospitaleiros os poderosos os amantes os doidos os seletivos
suados os sagitarianos os habilidosos os altruístas os abstratos os defensores os ecumênicos os recidivos os bacanas os
s os kafkianos os obesos os perdulários os oníricos os negligentes os melífluos os risonhos os bocós os néscios os lambuzad
rosos os jogadores os órfãos os loucos os galhofeiros os usuários os badalados os clariceanos os surfistas os democratas o
s os anoréxicos os perdidos os umectantes os orchatas os universais os eleitos os delicados os imberbes os gárrulos os unân
os os híbridos os rachados os pentelhos os brilhantes os sanguessugas os narcisistas o s anormais os sacais os hermafrodit
agos os prostitutos os hilariantes os tinhosos os rarefeitos os artistas os giletes os miseráveis os babacas os pessoanos os
tos os heterodoxos os falsos os falastrões os menstruados os indecisos os hiantes os desconhecidos os oxigenados os bobos
veis os xibungos os volitivos os sandeus os zumbis os arianos os ditadores os aflitos os machões os jacus os vis os galuchos
s os fingidos os diferentes os brasileiros os salientes os eletrocutados os intransitivos os safardanas os belicosos os urina
s os traidores os jurados os temperamentais os sádicos os necessitados os olímpicos os corajosos os lacrados os ranhetas
s os kardecistas os milionários os tatuados os gorduchos os inflamados os capricornianos os beijoqueiros os zangões os sa
icos os céticos os viajantes os bons os justiceiros os emancipados os herdeiros os articuladores os equilibrados os válido
cráticos os saudáveis os dialéticos os gigantes os concretos os escravos os novelistas os sanguinolentos os sacramentados
cos os taxativos os concorrentes os nervosos os dadivosos os nacionalistas os comprimidos os vaporosos os hegemônicos os
uídos os empacados os cansados os fanhos os hipotecados os atônitos os contidos os sagrados os bacuris os virgens os s
cos os tenros os lentos os contraditórios os foragidos os contrários os infelizes os corroídos os hipotéticos os taciturnos os
sos os oniscientes os nefelibatas os intransitivos os diarréicos os crápulas os fantasmas os sedados os pacíficos os cristão
dos os gororobas os celibatários os piedosos os hóspedes os imortais os roseanos os hauridos os profundos os réus os le
dores os difamadores os verbomaníacos os ufanistas os secos os oficiais os golpistas os declarados os vendidos os urcos os
s os crônicos os vomitados os pilantras os iguais os ninfomaníacos os maldosos os rivais os eficientes os ilegítimos os pap
os eloqüentes os boçais os felizes os casados os exegetas os impenetráveis os crus os irritantes os palacianos os gentis os
ianos os tolinhos os zambetas os onerados os silenciosos os beatos os vagais os bêbados os falantes os vanguardistas os so
dos os regateiros os hifenizados os desmiolados os safados os falaciosos os desditosos os sacanas os garotões os hesitante
os negociantes os jaburus os roucos os avarentos os sabichões os belos os pacificados os harmônicos os ubíquos os bicões
nais os especuladores os cafajestes os obscuros os franzinos os superiores os leoninos os onipotentes os lisos os imbatívei
uosos os peçonhentos os maçantes os fuxiqueiros os rebuscados os dorminhocos os pelados os verbais os irresponsáveis
cidos os bostas os diabretes os quadrilheiros os vampiros os opinativos os soberanos os intransitivos os leninistas os hidrófob
hados os vândalos os pobres os ululantes os ridículos os medíocres os fascinantes os chantagistas os polígamos os fálicos os
tuosos os famigerados os rasgados os únicos os librianos os quebrados os benignos os cambistas os desequilibrados os labio
es os ocupados os gramatiqueiros os realizados os fumantes os cabaços os gélidos os lânguidos os nhonhôs os idealistas os
ndos os pejados os moderados os entupidos os violados os liberais os jovens os faiscantes os qualificados os merdas os esq
s os realistas os comedores os ébrios os felizardos os sapos os gandaieiros os transfigurados os enlatados os priápicos o
stas os subalternos os favelados os laicos os oprimidos os finos os retardados os ofuscados os vergados os maricas os gago
os diáfanos os famélicos os horrorosos os joycianos os talentosos os incríveis os hipnotizados os cabeçudos os elefantóides o
zes os varicosos os teóricos os travecos os mentecaptos os decepcionados os tíbios os comedidos os ímprobos os opacos os
s os salivantes os verdes os uniformes os fadados os trouxas os nefastos os fracos os travessos os voláteis os cagões os
s os benevolentes os torpes os decapitados os temerosos os voluntariosos os badamecos os cafetões os rifados os gelad
s os debochados os heréticos os ínfimos os otários os emasculados os pulhas os revisionistas os idênticos os jacentes os t

os odiados os vingativos os xiitas os magnânimos os lençoenses os opositores os complicados os atacantes os desagr
dos os angustiados os kantianos os usados os jazzísticos os homossexuais os solicitados os nus os baixinhos os apaixona
ncorosos os vizinhos os traídos os pecadores os zangados os professores os oclusos os lépidos os zagueiros os juízes os of
amigos os neologistas os exigentes os utópicos os macetudos os hedonistas os cabeças os hiperbólicos os queridos os obc
insaciáveis os pagãos os verídicos os fodidos os mórbidos os pedófilos os solitários os drummondianos os quengos os irôn
studantes os balofos os rabudos os ogros os consagrados os gozadores os variáveis os umedecidos os inquilinos os pedera
stas os globais os nadegudos os oligofrênicos os zombeteiros os ladinos os vigilantes os suaves os tagarelas os líricos os vit
achorrentos os unidos os facundos os cabalistas os mascarados os mentirosos os amasiados os birutas os orgulhosos os p
escos os geminianos os ziguezagueantes os simpáticos os trapaceiros os uivantes os amados os invejosos os sacais os intran
eiros os vacilantes os comunistas os macunaímas os caipiras os lastimáveis os oscilantes os joões os dicotômicos os hipertr
s negros os decadentes os uiofóbicos os esquizofrênicos os originais os insidiosos os ruaceiros os amorais os ternos os lobis
os ignavos os joviais os amáveis os usurpadores os traficantes os charmosos os bundões os sangrados os ambíguos os torme
s os teimosos os roubados fanáticos os intrigantes os racistas os castrados os sangrentos os tauricidas os quasímodos os pa
us os raivosos os caralhos os sambistas os guedelhudos os transados os vilões os feios os desiguais os tensos os reabilita
os os macoteiros os ejaculadores os abelhudos os guerreiros os ecopáticos os terríveis os valentões os matadores os impied
uros os ansiosos os valiosos os rústicos os elegantes os xadrezistas os salomônicos os óbvios os titãs os verborrágicos os fa
s os benditos os significativos os obsessivos os fidalgos os cismados os urgentes os heterossexuais os hostis os muambe
s os tortuosos os gritantes os vaniloqüentes os sagazes os jubilosos os malandros os vaidosos os fanfarrões os operários os
s os malcriados os anarquistas os quiescentes os anjos os piscianos os meigos os hermeneutas os benzedores os gagás os far
zarolhos os temáticos os intransitivos os vagarosos os vaselinas os descoroçoados os transcendentes os umbandistas os r
s humildes os goethianos os assassinos os jeitosos os santarrões os pegajosos os falidos os lesmas os paranóicos os eclipsa
s os sacadores os hibernados os crentes os ocultos os galhudos os tépidos os errantes os criminosos os micróbios os imo
nos os fascistas os ateus os antipáticos os bajuladores os gananciosos os mulherengos os vilipendiados os solteiros os re
s hidratados os idiotas os lamentáveis os xenófobos os quadrados os bicados os omissos os vampirescos os goiabas os neofa
dos os laranjas os malabaristas os trabalhadores os calculistas os jactantes os obedientes os sebentos os violentos os ignó
os os burros os canibais os topetudos os aventureiros os mefistofélicos os vociferados os oportunistas os intransitivos os de
adores os intransigentes os púberes os cínicos os andarilhos os narcomaníacos os ungidos os vantajosos os obliterados os lu
s ilegais os espezinhados os terroristas os penetras os vindouros os internautas os tais os namoradores os otimistas os jan
cos os maconheiros os vaiadores os diabólicos os quetilquês os meliantes os impermeáveis os dignos os vagabundos os desca
s brutamontes os ídolos os melodramáticos os trágicos os heróis os gabaritados os filhos da puta os obsoletos os empedern
os dançarinos os ruins os irascíveis os verdugos os rigorosos os ubuescos os gatões os divididos os peitudos os saquead
stas os ricos os tiranos os xambouqueiros os jararacas os rijos os dentuços os uxoricidas os desalmados os eletrizantes os fila
s ratos os obstúpidos os neuróticos os técnicos os facciosos os maquiavélicos os ofegantes os safenados os zafimeiros os anal
as os vencedores os oleosos os mijões os encardidos os bailarinos os patriotas os volúveis os quilofágicos os varapaus os uni
competentes os newtonianos os feiticeiros os pacatos os afáveis os helenizantes os recatados os jalapeiros os habituais os ju
tácitos os navegadores os tísicos os esperados os vencidos os ausentes os hegelianos os secretos os cavalheiros os brincal
ntes os gostosos os cancerianos os discretos os bestas os alcagüetes os ganhadores os eczematosos os lerdos os fagofób
nas os queimados os lanterninhas os ecléticos os furibundos os grevistas os picaretas os eufemísticos os bexiguentos os im
os naftalinas os gabirus os modernosos os vagos os ignorantes os precários os julgados os lambeteiros os orelhudos os nausea
os jumentos os gongóricos os maniqueístas os biltres os sedutores os lacaios os opilados os rabugentos os vadios os xarop
ordenhados os zaragateiros os obscurecidos os eliminados os ultrajados os virginianos os sedentários os áulicos os tipific
stados os excluídos os utilizáveis os indisciplinados os menosprezados os flibusteiros os garanhões os rastejantes os sic
os larápios os rombudos os grudentos os ultrajantes os frágeis os decompostos os tímidos os efebos os ufólogos os pechin

in: cartas

COMEÇAVA SEMPRE ASSIM:

– Leia e perceba a sutileza nas entrelinhas – recomendava, no seu posto de mestre.

Impossível. A minha juventude era o meu pano-viseira. Ele arrumava os óculos, ou melhor, desarrumava-os, fazendo com aros e lentes uma balbúrdia que dava certo, para me olhar fixamente por trás de um fundo de garrafa.

– Sinto-me cada vez mais apaixonado – dizia. E eu imaginando-a mais seca, mais feia, mais pele e osso. O definhamento como objeto de amor, porém sutil. Um nexo entre a magreza e a inteligência: uma nova Capitu. Era assim que ele a via, saindo do romance, estudando Psicologia, sendo amada por um professor, igualmente magro e sutil.

Nova carta:

– Leia! – insistia com veemência.

Sutilezas na data. No vocativo. No tratamento. Nos possessivos. A posse ou o possuidor continuava ao meu lado, obrigando-me a ver o abstrato, tornando-o digerível na realidade comezinha em que eu vivia, fazendo-me conhecer sua amada à medida que me formava em perspicácia. Era ele o meu professor de Matemática, não, de entrelinhas: um amante, cuja amada eu nem conhecia por carteira de identidade. Seu nome, o de uma deusa grega que teimo em esquecer. Pouco importa, ela transcenderia, sem dúvida sairia do anonimato como saíra do livro. E mesmo que eu a conhecesse, ela me ludibriaria. A essa altura, eu, que não era chegado a um osso, comecei em silêncio a desejá-la obliquamente.

Novas cartas. Situações inverossímeis, críveis porque ele as contava: vivia-as. Com a exatidão do substantivo e do verbo, nenhum detalhe esquecia. Perfeito conhecedor do pormenor num crime insondável, acentuava as particularidades com a riqueza dos adjetivos. Os advérbios a reboque. E tudo concorria para um todo uno, compacto, hermético: era ela a musa de Dante, a sereia de Homero, a única Gioconda, comparações não lhe faltavam. Ele passara dos trinta, ela não chegara aos vinte e cinco, e eu já a amava. Desconhecia-a demais para não a amar.

Mais cartas e, sempre no mais, a visão do narrador mudava. Às vezes, ela era terrena: sabia amar na cama. Dona de seu prazer, entregava-se num ritual completo transformando-se na própria oferenda. E eu babava de tesão reprimido, exposto apenas em inúmeras perguntas, disfarces de meu desejo, parcialmente solucionado com as constantes idas ao banheiro. Ele não economizava respostas, o assunto era vasto; ela, inesgotável. Eu, emagrecendo com intermináveis poluções noturnas. Eu tinha dezesseis anos, apenas dezesseis anos – sem sutilezas!

Da cama, ela passava para a música. Seus dedos compridos sobre o teclado. Oito horas de piano por dia. Virgem, quantos dedos, unhas roçando! Arranjos, concertos, agenda lotada. Ele a imitava, era outro gênio com os seus dedos mais compridos, magnéticos. Santo Deus! Eu gostava e ouvia. Ele ia do popular ao clássico, mas nunca para agradar às platéias. Sério, febril, apenas olhando o mundo por trás das lentes, como se não estivesse aqui, mas lá, em qualquer recanto onde ela se encontrasse.

As perspicartas chegando com ela além: piano, harmonia, regência, violão, melodia. Mais e mais. Já não eram cartas, eram partituras de amor. Partituras sutis. Numa nota, ele as decifrava. Num compasso, combinava-as: binárias, ternárias, quaternárias... Milionárias sutilezas, armadilhas sonoras, jogos de amor.

Outras linhas, entrelinhas: ela não cometia erros gramaticais, cultuava Bergman, Fellini e, embora entronizasse Bach, tinha por Chopin desmedida paixão. Defenderia tese sobre delinqüência juvenil, moraria em São Paulo, era a favor do aborto, planejava ter um único filho, tocaria a quatro mãos e arquitetava um plano secreto – passar a lua-de-mel numa praia deserta jejuando por cinco dias – com o qual ele concordava. Ritual mórbido para minha tenra idade.

Era uma enxurrada de cartas, de sutilezas, e eu, na minha

ânsia dos dezesseis anos, abarrotado por tantas linhas, debilitado pelo sexo contido, ousei um vôo sem rede de proteção:

– Não acredito que ela exista, leve-me para conhecê-la!

Como o professor que vê o aluno reprovado e com tal desgosto pelo tempo relegado ao em vão, reduzido ao simplismo do teste de São Tomé, ele tirou os óculos, não, pela primeira vez arrumou-os corretamente e me fuzilou. Cuspiu no chão, que era a minha cara. Jogou-me o pacote de cartas, soletrando naquele tom de voz que corta mais que faca afiada:

– Fixe-se nas entrelinhas!

Entendi o corte tarde demais para ser sutil. Por meses e vezes faltou-me o contato diário com as sutilezas. Que lastimáveis os homens na realidade opaca, principalmente os de dezesseis anos com pênis ereto! Almoçar o trivial, esse era o meu castigo. Senti a falta dos óculos, da gravidade de sua voz, violoncelo afinado, da sombra de uma mulher, a penumbra de seios. Do mito e do exercício para reverenciá-lo.

Como é difícil preencher a ausência sem estímulos, pensava eu de cabeça baixa, quando o jornaleiro gritou: "Amantes em estado de inanição em plena lua-de-mel". Nem precisei ler o corpo da matéria. Adivinhei-os nus, bronzeados, exangues sobre a areia, saciados de amor e mar. Olhei a foto e a conheci. Não, ela não era a mulher dos meus devaneios, não ali no chão, mais magra do que eu supunha, era um labirinto em que ainda eu me perdia. Nada que eu lesse mudaria o que fora por eles planejado. Nem eu entenderia aquele pacto, verde que era para as intrigas do amor, o lado escuro da vida, com suas escadarias que descem e descem em busca do ponto final que não chega, porque é fundo e não há, mas é preciso encontrá-lo e retomar a descida e descer mais ainda, sem fôlego, até se contentar com o que foi possível, remediar-se com a vida, rasgando-se nas arestas.

Tentei, durante a faculdade, viver sem tê-los num aprendizado sem respostas, viciado que estava em caminhar com a muleta do mestre. Inútil: um concerto para piano e cravo me colocou frente a frente com o nome deles e, à primeira fileira, já não me enganava mais, as quatro mãos, magras mãos, tocavam juntas. Esguios corpos. Soberania sutil. Meu Deus, quatro grossas lentes devoravam o vazio! Captavam o que não consegui aprender enquanto longos dedos vibravam em mim o tempo de espera necessário para se ouvir o silêncio. Os mil sons do silêncio.

Como eles se sentiam inteiros, indivisíveis e não tocavam para as palmas, não os aplaudi. Já estava em casa. Ansiosamente em casa. Desatando, abrindo, lendo as cartas... Cartas de amor, linhas se apagando, entrelinhas surgindo, metalinhas: o nome da revelação, anterior à inocência e ao pecado; a morte do mito, a descoberta do eu; a relativização entre o desejo e a posse; a entrega; o erotismo sem linguagem cifrada, via direta para o amor; chamas; a aceitação possível da distância entre os seres; comunhão, como notas musicais que aleatoriamente se casam, dispersas no ritmo da vida; a santa invasão de territórios "porque eu quero e tu pedes"; o silêncio dos grandes momentos.

O reencontro no teatro, nem sei se houve. Cheguei à rua em que estavam hospedados, ao hotel, ao corredor interminável, à porta. Compasso de espera, longos minutos em que tinha envelhecido séculos. Um arranjo de cravos na mão, apertei os olhos, o dedo na campainha. A porta se abriu, ele me abraçou generoso. Sorri e beijei-a.

Eu usava óculos para o que via.

bodas de prata

CIDA. CIDINHA.

O telefone tocou, ela correu. O vasto apartamento, no alto, pleno em todo o seu vazio. Maria Aparecidinha precisava chegar ao aparelho. Em dez passos, bem menores do que a sua solidão, levantou o fone:

– Alô! É a Maria Aparecida, a Cidinha...

– Amor, é o João, não me espere para o jantar... Isso... Durma cedo, descanse, eu não tardo... Um beijo.

– Outro.

Outras. Outra vez aquele barulho de bar que se chama reunião da diretoria. Gargalhada, o nome do documento em que todos assinam, na cara de Cidinha; mãos e bocas femininas. Mãos pelo corpo de Joãozinho. Só pode ser engano, é mais um *happy-hour*. Mãos e horror na garganta de Cidinha.

Pousou o fone em segundos de silêncio. O olhar na parede, no quadro de retirantes, exatamente num ponto perdido do quadro de retirantes. Por que se retiram? Olhar grelado e boca escancarada; lá dentro, roçando as cordas vocais, a pergunta que Cidinha calou.

Não a fez nem no momento seguinte. No outro também. Voltou o corpo para a área central da sala, sentindo que algo se retirava dela. Não havia motivos para perguntas. Que vida é esta que eu levo? Não ousaria tanto, tinha com que se preocupar: ao passar mecanicamente a mão sobre a mesinha, odiou a empregada no pó exposto. Cinira, traga o pano! A vida era uma soma de ódio nas coisas expostas de que a empregada conhecia bem o gosto. Só Cidinha era segredos. Zombou de Joãozinho, antecipando a bronca: Cinira! Ele me conhece, mas não sabe tudo de mim. Segredos milenares de recuos, de pequeninas e múltiplas intenções, jamais sonhou em revelá-los. Correu sofregamente por todos os cômodos de si mesma até a salvação: o pano. Termine o jantar, eu mesma limpo! O infinito tempo em que se limpa tudo, tempo de sobra para esperar João. Passou-o sobre a madeira escura e contemplou-a feliz. Haveria sempre um pano a limpar as sujeiras expostas. O verniz fica novinho em folha, madeira de cepa que nem gente honesta. Cristalina, forte como o cedro. Seria assim também? Prosseguiu a limpeza com os mesmos passos coreografados para a valsa de seu casamento, valsa antiga, lá da Áustria, onde dançam leves, quase voando além do solo – assim era nos filmes, assim seria na sua vida com Joãozinho, o par perfeito, o homem que escolhera para ser o pai de suas filhas.

Cada coisa devia estar em seu lugar. No ritmo leve, continuou passando a mão sobre a superfície de vidros, cristais, quadros, enfeites, numa inspeção minuciosa. Com o pano, sentia-se autoridade. Em presentes de casamento, principalmente os dos pais, nunca permitia o pó acumulado. Cinira não dava conta de tudo. A baixela de prata, oferenda de D. Maria, professora de dança, raramente a usava, tinha medo de estragar. Não sabia quem deu a cornucópia, nem gostava dela. O nome e a forma eram obscenos. Olhou-a com desdém. Que fique suja! Esqueceu-a. Ao jogo de jantar em porcelana pura, herança dos avós, dedicava higiene total. Tocando objetos e cantarolando baixinho, retomou a dança. Violinos invadiram a sala, dominaram-lhe o corpo e a alma. Dançou até se esquecer dos retirantes que migravam. Ainda pediria a Joãozinho que o desse a alguém, não precisava de miséria exposta, pessoas magras numa marcha sem fim, como se pedissem a ela um prato de comida, um teto. Tudo nele a cansava, mãos estendidas, súplicas – era demais! Mesmo assim, limpou-o. Extenuada, sentou-se no tapete para folhear uma revista e comer chocolates: seu marido havia de chegar! De migalhas no chão, o pano ao lado se incumbe. Uma caixa a cada dia de reunião era a sua cota. Podia abusar, não engordava mesmo!

Com a revista no colo, sonhou com o bombom que ele traria e cuspiu nojo pelo cheiro de bebida no beijo da desculpa. Não como mais chocolates! Virou a primeira página e lá estava ela, Bruna Lombardi. Uma agressão. Como alguém pode ser fiel com uns olhos tão verdes? Sentiu que Bruna a desafiava, não compreendia o que aquele olhar acusava. É muito, verde que não acaba mais! Compensou-se na página seguinte: as merecidas férias de Glória Menezes e Tarcísio Meira em Aspen. Como trabalham! Ela, bonitona ainda, claro que plástica ajuda, mas artista precisa. Ele, por sua vez, bonitão, elegante, gentil. Um cavalheiro que não existe mais. Pelo menos alguém era feliz e podia tirar férias, Joãozinho trabalhava tanto! Sentiu arrepio, forte, como um raio percorrendo o corpo. Sem se dar conta, irritou-se com a mesinha de centro em sua limpeza simétrica: um resquício de poeira a desafiá-la, um insulto. Chutou-a. Satisfeita como moleque traquinando, viu enfeites virando pedaços no chão. Continuou com as fofocas da página adiante: um crítico que aumenta mas não inventa; o outro que troca de mulher como se troca de camisa; aquela, sim, aquela, a despudorada, casando-se com um modelo mais jovem; aqueloutro que processa a mulher pela guarda do filho. Que meio! Todo mundo é volúvel, meu Deus! Traições, divórcios, escândalos. Ainda bem que estava casada! Onde há beleza, há pecado, o Diabo espreita em surdina, qualquer desejo tenta e a faca entra! Artista não presta mesmo! Nem estas flores. Mirou-as, torceu as folhas, arrancou as pétalas, esmagou-as. Que morra a clorofila!

Sobre as pernas, restos de cores e formas, barro da terra. Esfregou-o no vestido, apalpando as coxas. Molhou o dedo no barro, levou-o à boca, chupou-o avidamente. Mergulhou na página seguinte e dela saltou o seu ídolo, o único homem que podia despi-la, além de Joãozinho. Na volúpia de pernas, sapatos atirados ao longe, molhada, pronta para extravasar as chamas, a roupa no chão, no repente. Os seios hirtos, arfando, e os olhos esgazeados do cantor num convite irrecusável, as mãos estendidas, o corpo cortando o espaço. Vamos dançar! Um sim inaudível, as pernas já entrelaçadas, procurando uma nova ordem: em cada passo, algo ia para o chão, como se Cidinha e o cantor, gemirrangendo ao som da valsa, comemorassem os vinte e cinco anos de casamento entre pedaços de porcelanas, cristais, espelhos, louças, vidros... Bodas de prata, enfim!

Sem se domar, Cidinha começou no tapete a percorrer o longo caminho por que tantas se aventuraram. Concebeu o encontro, o pacto selado. O cordeiro domado, uma raposa sequiosa. Assumiu o seu ídolo com o cio do bicho em que se transformara. Despudoradamente nua, ousou, repudiou a receita que dera às filhas, para poder saborear, sem culpa, o suor que corria pelo corpo do amante. Quebrou a correntinha, jogou a medalha, a sua proteção, esmagou a redoma. Chutou o que estava ao alcance dos pés, arranhou o carpete. Pernas abertas, queria ser estocada, violentamente, era o pouco que pedia. Unhas cheias de fiapos percorriam agora os pêlos do cantor. Mais vinho e o seu corpo se sacudia no chão em movimentos uniformes e progressivos com que recuperava a sua identidade de mulher desejada. O amante ocupando seus espaços, cavernas secretas, labirintos ignorados, desvendados por um estranho, tão conhecido no entanto, numa luta sem perdedores até o grito e as mordidas. Prazer secreto, sem testemunhas. Vociferou palavrões, pedindo aos céus, entre salivas, a morte de Joãozinho. Expeliu da carne flácida o grotesco que não mais temia. Cuspiu o que pôde e o que não sabia pronunciar. Repetiu várias vezes um nome até se convencer da presença do outro e, com a chave do instante, acabou de quebrar o que restava. Suja e prostrada dormiu sobre a lama espalhada no tapete.

Assim ela fazia parte da paisagem em que seu marido a encontrou, dormindo como nunca dormira, sem o cheiro de bebida no beijo de João e o gosto do chocolate da espera reticenciada. Da revista só restaram pedacinhos de papel picado espalhados por toda a sala: um toque carnavalesco.

Joãozinho pegou as alianças, a de ouro e a de prata, tomou Cidinha nos braços, levou-a para o quarto. Cinira varreu o chão, os cacos, lavou os tapetes. Apagaram-se os vestígios. Desapareceram nas entranhas do aspirador segredos de uma mulher que ousara encontrar-se.

Depois do almoço do dia seguinte, antes de sair às compras, Cidinha estranhou a cornucópia sobre o piano:

– Ainda hei de lembrar quem me deu este presente!

um canto para o gt

Quase seis horas de um verão seco. O céu riscado de cores violentas testemunha a luta do dia com as trevas para nascer ensangüentado, tímido – dor exposta, milenar, repetitiva, chagas mimetizadas no corpo dos homens, a mesma dor veiculando pelo tempo para habitar o peito de quem já a suporta demais. Morcegos procuram a toca, bocas umedecidas, saciadas, sangue humano a unir o prazer e a dor. Corujas ensaiam o silêncio, o grande olho posto em repouso, indiferente aos rios de tráfego. Alguns, pequenos seres indistintos, tentam levar adiante o tempo, de olhos abertos, já entorpecidos pela cola-fumo-coca-crack, baratos que a noite, na mão do homem, fornece. Outros cambaleiam entre o sono e o torpor. O de bonezinho azul – camiseta outrora branca, agora de um marrom nojento na cor e no cheiro, calção indefinido na forma e no tamanho em que cabiam dois de tão magro, pés pretos no preto do asfalto, cara estremunhada, ausente da face qualquer resquício humano – chamou-me a atenção de tão perdido nos oito ou dez anos, sei lá quantos, que a carência diminui tudo, inclusive a idade, o peso, a forma, poderia ter doze, vinte, não importa, qualquer idade, o tempo é impiedoso com os excluídos. O patético bonezinho azul aproximou-se, pediu-me um trocado, quis lavar o pára-brisa do carro, roubar-me o relógio, legitimar sua condição de menino de rua. Negaceios, toma lá, dá cá, um trocado para você comer, sair daqui, ir para casa, seus pais te esperam; tenho pai não, quero dinheiro, sem comida, seu moço, retorcidos eram os vaivéns dos lábios, lobo devorador. Você está fraco, precisa comer alguma coisa; não tenho fome, quero um barato, o esgar da boca, hiena enfurecida. Dinheiro para comprar droga eu não dou; eu mato pra conseguir uma pedra, os dentes à mostra, cauda de escorpião. Desse jeito você corre perigo, pode ir preso; tô esperto, polícia não me pega, as orelhas aguçadas, asqueroso chacal. Droga faz mal, é capaz de matar; tio, farinha é pra barrufar, custa caro mas dá barato, o fungar das narinas, mostrengo tamanduá. Você precisa deixar essa vida, isso não leva a nada; nesta bosta de mundo eu topo tudo, o dilatar das pupilas, hedionda águia. Vamos conversar, esquece a droga, eu vou te ajudar; sem essa de conselho, tio, dá um trocado que o senhor faz sua parte, não regula, passa logo, os músculos retesados, puma ensandecido. Já disse que dinheiro para isso eu não dou, se você quiser comer, tudo bem; babaca, enfie seu dinheiro no cu, língua afiada, cascavel e coral. No rosto desbotado ainda não se desenhava o homem que seria mais tarde, se o fosse um dia. Finda a diplomacia e muita peleja, concordou em tomar café-da-manhã, dar à boca esgarçada uma qualquer coisa de comer. Até hoje não sei se sorriu ou se expressou desespero, tal era a ânsia com que devorava o lanche. Nos poucos minutos de uma impensável refeição, pude ver-lhe os olhos fundos em que pai e mãe ausentes já faziam parte de um passado longínquo, nem resquícios de quimeras. Sobre as mordidas vorazes no pão com manteiga, o nariz afilado em cujas fossas a droga escancarava o estrago. Que sensações, meu Deus, que nada, eram túneis, buracos indistintos de cheiro e prazer, fuga e dor! Labirintos intrincados, torvelinhos, guetos, fossas, latrinas! O que saía do boné eram tufos de cabelos pastosos aqui, duros ali, a cor imprecisa, e a pele – essa máscara que o adulto tenta preservar como cartão de visita –, a privação do que dá vida já a destruíra, animal bruto em que se transformara. Não sei o que sustentava o seu corpo, aquele arremedo de ossos e músculos, não há o que entender num peso que não pesa, desafiando a lei da gravidade – quantos quilos? – poucos de pele, e do resto um quase nada, de tal modo que, não fossem os trapos que lhe davam volume, não existiria. Envolto por tecidos confusos, puídos, despersonalizados – roupas que já não serviam ao verdadeiro dono, talvez roubadas a quem, doadas sabe-se lá por quem –, teimava em se manter em pé. As mãozinhas debilitadas agarradas ao pão e ao copo eram produtos acabados do lixo, expurgo, esterco, sucata humana. Unhas lembrando refeições de tão roídas, o negro da sujeira entranhado no que restava: quantas vezes essas mãos roubaram? sacaram da arma, canivete, estilete? quantas vezes foram usadas na masturbação? quando o primeiro gozo, animal sem transcendência? há quanto tempo não fazem um carinho? pegam uma bola? Há quanto tempo! Agora não queria mais pão nem leite, pedia empadinha para um depois, que o moço por trás do balcão embrulhou, com aquela cara obtusa de quem se farta da vida alheia, que espera gorjetas, partícipe asséptico das tragédias do cotidiano. Sem assunto nem lugar para pôr as minhas mãos, quis saber-lhe o nome, olhou-me desconfiado, não interessa, onde mora, ameaçou dizer alguma coisa, retomar os palavrões, não enche o saco, vá se danar! Virou o rosto para a porta, deu-me as costas, ajeitou o boné e o corpo quase etéreo buscou saída, uma mediação: entregou-se à rua, à infinita rua, madrasta implacável, mãe única de tetas gordas de vício, visguenta e perversa porque acolhe sem ter o que dar. Ainda quis lhe falar, corri, chamei-o, ô menino, volte aqui, tenho um trocado, como se dissesse quero mas não posso... aonde vai?... oi, você aí de bonezinho azul, não fique sozinho que é perigoso, fuja das drogas, afaste-se das más companhias, tome banho, troque a roupa... de que você precisa?... durma cedo, estude que... Gestos e palavras inúteis, ranços de uma visão de mundo deformada que, no entanto, martelam a cabeça, aliam-se à culpa, envenenam o sangue, embaçam a vista, dão nó nessa insuportável consciência de mãos atadas, expõem a vergonha de uma inoperante herança cristã, sufocam a garganta da vida, maceram o útero do que se pôde algum dia chamar humanidade, fragmentam os nervos, entorpecem, prendem os pés pela vida afora, chafurdam a cara na lama da existência e se reduzem a lágrimas, tradução perversa de nossa comunhão com o bem instituído, a muleta em que nossa consciência se apóia. Tudo isso o bonezinho azul deixou para trás, sem nenhum remorso, pois sua vida era linguagem pura, como um dedo acusador: o que você me diz está calejado nas vísceras, em estado latente. É! O bonezinho azul não precisava de misericórdia, a rua já o ensinara a não ser hipócrita.

a porta

ABRA A PORTA, SUA BURRA...

Era assim que a cantora vociferava ao som da campainha. Assim, em todos os dias das semanas, dos anos, segunda-feira, Natal, dia do santo padroeiro, de terreiro, Oxum! Assim. A empregada, Maria José, com a bunda em toneladas pregada à cadeira. Pode deixar, montanha de lipídios e glicídios, eu mesma abro, já que não sou a patroa de um monte de banha: sirvo às calorias! Um toque. Dois, três, milhões de notas. A cantora cruzando o apartamento, a chave perdida nas dobras de Maria José, a cantora espumando, roupão solto, coxas despidas e os nervos tonitroando num impulso de raiva. Maria José, levanta a bunda da cadeira, abra essa porta, sua burra! O pianíssimo em forma mesmo longe do palco, mesmo afogado na cólera, frase melódica comprida engatando na outra antes que o som desmaiasse no recinto. Que pulmão! Maria José, abra essa porta, Paulinho está no chão, sempre esteve no chão. Paulinho, levanta daí. Me ajuda, Maria José! Ai, meu Senhor, o que é isso escorrendo pela boca? Meu filho, responda, fale comigo, acorde! Maria José, abra a porta, sua burra. Paulinho, acorda, não feche os olhos, não se entregue. Alguém me ajude! Gritos, notas dissonantes no peito vazio, estertores.

Produtor entrando, enfermeiro com a maca, campainha em contínuo disparo. Abra a porta, sua burra! Novos contratos assinados, a cantora despachando, descabelando-se: cuidado com meu filho, ele caiu, ele sempre cai, o pai foi embora, ele não quer ficar em pé, ele... Essa criança não nasceu assim, o que fizeram com ela? Chamem o pai. Eu já não sei o que faço, a quem pedir socorro. A memória trai, as notas vão para o limbo. Homens de branco com brancos lençóis; gritos agudos, aguda a dor: Maria José!

Pela janela a brisa de Copacabana entra sorrateira, indiferente, insinuando setembro, tocando o corpo ardente da cantora – onde anda o pai de meu menino? Decerto por outras camas abandonando a mulher com um filho que se nega a viver: ejaculando rebentos, eu prenhe, ela parindo, os filhos caindo, outras no gatilho, coxas em fila à espera das mesmas mãos que engravidam e partem. Quantas notas desse compasso somem? Ele, o marido, desaparece como o agudo que a cantora busca alcançar. A carreira e um filho no chão, dois no coração, um com o pai, o quinto na prisão. Noves fora, abortos que não se contam. É fácil, Paulinho, você se enterrar nas drogas, é fácil levar essa vida de merda. É fácil viajar no barato, eu pago, Paulinho, a voz agüenta. Tire as mãos de minhas coxas, Paulinho está homem feito, mas não quer se fazer, você pensando em sexo, Paulinho é seu filho. Era uma criança, lembra, uma doce criança de olhos sempre no baixo, sorriso acolhedor, não dava trabalho, falava pouco, era uma criança até... Abra essa porta! Onde anda a burra da Maria José, massa gelatinosa escorrendo pelos corredores? Tire essa mão peluda de minhas coxas! Vá te catar com as outras! Maria José, onde anda o Paulinho? Janelas trancadas, eu já disse, Paulinho não tem noção.

No recorte da noite, a sirene.

A sirene e o diagnóstico, novos homens de branco, velhas as brancas luzes do palco, corredores infindos, infindas as platéias: meu filho não pode andar? Maestro, outro tom! O que faço com os seus vinte anos? Mudem o roteiro! Onde trancafiar a vontade de viver? Essa música eu não canto mais! Não me digam que isso pode acontecer com todos! Abaixe o tom, maestro! Devo aceitar porque sou mãe e posso compreender? Pausa para um descanso, maestro. Calar a minha voz? Eu não escolhi, não fui consultada! Que rufem os tambores! Não me levem aonde não quero ir! Afinem os violinos! Prendam o pai dele, amputem-lhe as mãos! Me dê o tom mais grave, maestro! Internem meus pais! Entrem os violoncelos! Cortem a bunda de Maria José e dêem a banha para os bichos do passeio público! Quebrem os discos, cancelem os shows, abram essa porta! Por favor! Paulinho, você me deve as suas pernas, eu quero mais que aplausos, eu quero a eternidade de sua juventude, meu filho, o gozo, o prazer, a sua primeira namorada, o amor que você não fez, as brigas que não enfrentou, você me deve todos os espaços da alma que não quis ocupar, o ódio que nutriu por mim, o desprezo por seu pai, eu quero o seu nojo por minha ausência, todas as palavras que calaram em sua boca, o impulso que segurou tantas vezes a sua mão impedindo o tapa, o soco, a frustração de não ter amigos. Isto eu não quero: o avesso do seu amor, o silêncio, o desdém. Eu não cantei pra te ninar, cantei pra estar viva, todas as notas, tristes, alegres. Em falsete, nunca! Eu não cantei o seu nada. Ah, você me deve tudo, menino, saia desta cadeira e comece de novo, tente, comece matando Maria José, por favor, decepando as mãos de seu pai, por favor, jogando na minha cara as omissões de que foi vítima, por favor, abrindo essa porta, devorando a vida que transborda lá fora, por favor. Não se entregue, por favor!

Maria José, abra a porta, sua burra, campainha é um sinal, pode ser o pai, o médico, o amante das promessas, o verdureiro, o massagista, o enfermeiro, o pai-de-santo, a moça do tarô, a cigana, a benzedeira, o meu carcereiro, o verdugo de capuz na cabeça, uma reza, a ladainha, pode ser o saco dessa vida, o caralho, Maria José, a cera quente pra derreter sua bunda. Paulinho, você está limpo? Vamos tentar mais uma vez, eles chegaram, não olhe mais para o chão... Respire fundo! Pode dar o tom, maestro! Acendam as luzes!

A cantora cantando, anos passando, Paulinho desabando sobre a casa, sobre o palco, a bunda de Maria José tonelando. Paulinho, anda, mamãe tem show à noite, mamãe canta pra você, mamãe canta... Cadê seu pai? Porra de homem que não te assume, porra de você que não quer andar. Atrasem o terceiro sinal! Continue viajando, Paulinho, quem sabe, Paulinho, quem sabe a felicidade vem. Porra de Maria José que não abre a porta, porra de bunda presa na poltrona, porra de disco que não vende, de público que aplaude mas não paga, porra de mim que não sei que você não quer... Você não quer. Você não quer! Abram as cortinas!

A brisa de Copacabana, setembros e verões reeditados em cinco maridos da cantora – um sempre preso na cruz que ela carrega –, dez discos gravados, elogios da crítica, dinheiro minguado, papéis, roteiros, a voz viajando pelo país, sucesso de novela, Paulinho na cadeira, nos cantos da casa, mil vezes ao chão, mirrado entre delírios, a transcendente bunda de Maria José superando expectativas, a agenda e as gravações, as mãos do pai de Paulinho em visitas rotineiras, os amantes que não ficaram, os outros filhos que cobram, os velhos pais ao telefone, a campainha que toca. Apaguem as luzes!

– Maria José, lacre a porta, sua burra!

o andarilho

As ruas do meu lugar
apenas me ensinaram
a não ter aonde ir.

MARISA SODERO CARDOSO

AS RUAS DA MINHA INFÂNCIA NÃO DAVAM PARA O centro da cidade, levavam ao rio, ao mato, a terras longínquas, nunca ao centro, que o centro reduz, afunila. Iam desembocar em várias regiões do mundo, no mar, no céu, aonde o sonho e a inquietação me empurrassem, não tinham rumo, como descobri mais tarde, peregrino sem parada nem trégua. Cavalguei o tempo todo sem arredar o pé delas. Eram ruas do prazer, da crença, do brilho. Se, por acaso, à revelia dos fantasmas do passado, alguém lhes emprestasse o nome, elas permaneceriam as mesmas.

Não sei se o tempo passou, e elas se chamam agora Arrivismo das Torres, Presidente das Tantas, Vereador da Oportunidade, nomes de gente que masca fumo, solta pum e arrota durante o jantar, não escova os dentes, vive à cata de farelo e distribui safadezas. Nenhum deles apagaria da memória os registros definitivos, a vida já fora impressa.

O Carnaval acontecia na Rua dos Contentes, cheia de casinhas coloridas, enfeitadas de bandeiras e adereços de papel crepom. Serpentinas jorrando pelas janelas, as calçadas e os paralelepípedos forrados de confetes, onde, ao som de marchinhas e chorinhos, desfilavam pierrôs e colombinas, máscaras à farta, caricatas, diabinhos em profusão. Zorros, Cleópatras, bichos de toda sorte. Nessa orgia quase inocente, os moleques esguichavam água com solventes coloridos – sangue-de-diabo! – nas pessoas que brincavam. Os moradores decoravam as árvores frondosas com lâmpadas de todas as cores e, nessa iluminação mágica, eu descobria o prazer de viver num universo tão conhecido e diferente ao mesmo tempo: portões sempre abertos, varandas acolhedoras, espaços para visitas e longos papos, antecipando a vida que mais tarde eu iria viver, muitas vezes sem a alegria da rua, que não terminava na quarta-feira de cinzas. Nela, eu conheci a melancolia, irmã precoce da solidão, mesmo estando entre os pares – *tanto riso, tanta alegria, mais de mil palhaços no salão, arlequim está chorando pelo amor da colombina, no meio da multidão* –, com um pedaço inexplicável da alma que se fecha pra gente poder viver, mas que está sempre aberto, não cicatriza jamais: a ausência de Rosinha, naquele tempo, a de Maria em São Paulo, de Sandra no Rio, de companhia nos vôos pelo mundo; a de Lígia, estampada para sempre no travesseiro.

Na Rua da Cuia do Sol – um pouco mais rica com seus casarões antigos, mas acolhedora como as outras –, o Natal e o

Ano Novo eram comemorados em grande estilo. Como sobrava dinheiro aos que lá moravam, árvores fosforescentes eram criadas nos jardins, ao lado das piscinas, nos terraços, nas suntuosas salas de visita. Havia concurso de presépios, e seu Agenor e dona Gustinha, mãos de ouro, almas de anjo, invariavelmente eram os vencedores: santos, animais, estrelas, ao som de hinos tristíssimos de calar fundo na alma. O Cristo esperado chegava para aqueles corações e um profundo vazio de total insatisfação me invadia. Entre luzes e promessas de um mundo feliz, eu pressentia que, mesmo aceito, o meu lugar não era ali, faltava o mundano, o homem, o profano na relação direta com o sagrado. Tudo era perfeito demais para que a dimensão do erro pudesse conter felicidade sem remorso. Depois da ceia e da entrega de presentes, as famílias se retiravam, almas aquecidas pelo amor renovado. As luzes se apagavam, os homens de bem dormiam sem o espanto do dia seguinte, a vida estava sob controle. A mim restava errar pela cidade à espera do sono, procurando um eixo em torno do qual pudesse girar. O Ano Novo avizinhava-se.

Como a maioria já aplacara a consciência com cestas de Natal distribuídas, a sua contribuição ao Céu, pecar na entrada do ano já contava com um desconto, e a Rua da Cuia do Sol voltava a ferver: seu Jurandir, o maior muquirana da paróquia, com cara e mãos peludas, trocava o dinheiro embolorado por notas novinhas de um cruzeiro, para dar às crianças ao som de "Bom Ano!" *Muito dinheiro no bolso, saúde pra dar e vender*. Outros o imitavam, e a criançada, nem bem amanhecia, começava a andança, de porta em porta, num alarido fremético. Havia disputa para ver quem ganhava mais, enquanto os pais, cansados da ressaca, dormiam, a roupa branca cheirando a cigarro e a bebida. Inevitavelmente, eu perdia, não tinha jeito para a coisa. Pedir seria, em todos os momentos da vida, um doloroso exercício para mim, muito além da dose que eu posso suportar: "Bom Ano!", empreste-me um dinheiro, um livro, o carro para sair; dê-me outra chance, fique comigo, por favor. Tudo isso entalado na garganta, cuspo seco, lá dentro a ardência da derrota. Orgulho, testosterona inimiga, excesso de zelo, patifaria na tradução mais barata.

Foi na Rua da Esperança, hoje ironicamente chamada Avenida Brasil, que de fato o mundo se revelou além das cantigas de espera, de amor sonhado em modinhas caipiras. Algo de estranho ocorria nela, era a rua proibida, as mulheres-da-vida habitavam-na. As crianças não podiam brincar nas proximidades, muito menos lá, mas os adultos freqüentavam aquelas casas, todas pobres, decoradas em excesso, a começar pelo vermelho das paredes, cortinas coloridas nas janelas, plantas sobejando por todos os lados. As mulheres que ali assistiam eram diferentes de nossas mães e de nossas irmãs – roupas extravagantes, decotes ousados, saias curtas, batom no mais forte dos carmins. E riam, riam escandalosamente, riam em público. Possuíam um encanto que atraía e assustava. Pecadoras, como eram chamadas, surpreendiam-me com suas visitas aos doentes, o desvelado carinho para com as crianças e os animais, levavam flores ao cemitério e nenhum mendigo, caso batesse as suas portas, sairia com o estômago oco ou sem agasalho para as noites frias. O outro sentido da marginalidade definindo-se, e eu atento. Meu irmão mais velho não saía de lá. "Por que eu não posso?" Assim ficava sabendo que o pecado tem idade, mas ele já me possuía com as deliciosas farpas da tentação. Nunca resisti a elas. Restava-me espiar, eu só espiava e, espiando, preparava o homem que eu seria um dia: entre o amor e o sexo há sempre uma Rua da Esperança, que nem sempre cruzo satisfeito, certo da casa que me dará asilo: a aliança ou a pluralidade, opção adiada.

Não sabia se o padre, de propósito – hoje não tenho dúvidas –, determinava que a Verônica, na procissão do Senhor morto, fizesse uma de suas paradas diante das casas proibidas e entoasse o seu canto de dor e louvor, invadindo com a essência da tristeza a alma de todos: *O vos omnis qui transitis per viam / O vos omnis qui transitis per viam.* Duas tragédias em curso: o peso da vida na dor do pecado e o sofrimento supremo, variavam os atores. *Attendite / Attendite et videte*. Enquanto a cena transcorria, eu voltava os olhos para as casas e via nas janelas as pecadoras, agora vestidas como mães e irmãs, debruçadas sobre as toalhas de linho branco postas em oferenda. *Et videte si est dolor / Si est dolor*. A elas restava expiar a culpa. *Si est dolor similis / Similis sicutis dolor*. Choravam um choro copioso que nunca saiu de minhas retinas e que me acompanha nas mil palavras que traduzem o perdão e a misericórdia. *Sicut dolor / Sicut dolor / Dolor / Dolor*. Por anos a fio, esse espetáculo me escancarou o sentido da Paixão. Olhava o Cristo morto e as mulheres na janela, e me lembrava do episódio de Madalena, que lera nas aulas de catecismo. Mas, ali, o que eu presenciava era o avesso: como não havia ninguém sem pecado, não havia o primeiro a lhes atirar uma pedra; não mais se punem transgressões desse tipo com pedras nas mãos, há formas mais refinadas, como a condenação transformada em dó, a indiferença, a exclusão. A escolha era feita enquanto o canto se alojava nas almas para que tudo, no dia seguinte, voltasse ao normal – zona proibida, devassa, antro da perdição. O avesso seria mais tarde a minha face a me desafiar: com que cara eu enfrento o mundo, anjo ou demônio, humano que sou? Não, não havia esperança além do nome da rua, só um Cristo morto, um ritual, um encontro inexorável com as chagas e a vida sem redenção – o profundo sentido da Paixão dura pouco, a encenação triunfa sobre a vida encenada.

Fatigados de desejo, ao sabor do veto, Francisquinho, Pé-de-Chumbo e eu íamos à Rua da Biquinha saciar a sede, água pura e cantinho isolado para o ato solitário, não tão solitário naqueles jogos esportivamente competitivos. Chiquinho era o campeão, dois anos mais velho – seu corpo já produzia esperma, o ansiado passaporte para a maioridade. Como líder, gabava-se da produção e por isso viria a ser o pai de muitos garotos que não poderia aninhar, dispersos na pobreza que os acompanharia vida afora. Como eu invejava aquele estado de ser, sem saber que, por contingências humanas, em alguns momentos da vida era preciso reprimi-lo.

Depois do campeonato, íamos ao Paradão, um trecho do rio em que as águas, sobre algumas depressões do leito, formavam piscinas transparentes, o progresso ainda não chegara àquelas plagas. Não havia correnteza, as crianças não corriam perigo. Só não podiam nadar de barriga cheia, dava congestão, eram as mães num rosário de cuidados. Árvores improvisadas em trampolim sacudidas ao som de gritos. A molecada enchia de alegria o pasto sereno e plano. Mergulhávamos, prendíamos a respiração para varar o rio de margem a margem, em novas disputas. Tomado de orgulho, vingança inocente, eu esnobava Francisquinho, nadando como um peixe nas águas paradas. Talvez eu tenha aprendido, naqueles tempos, o que repetiria durante a vida: deslizar, não se fixar, transformar um simples mergulho numa interminável jornada, pois só a travessia faz sentido, a chegada e a partida são meros pontos de referência. Não gostava das piscinas, ao Paradão preferia as correntezas, margens oprimindo os rios até as cascatas e o salto mortal, sem rede de proteção – assim eu viveria. Lagos me cansavam, tinha pressa, desejos de mar.

Enfraquecidos, deitados na grama e os olhos no céu, imaginávamos o futuro que parecia tão distante; os outros dois sabiam que o palco seria a pequena cidade, o caráter de cidadão completo já moldado: o diploma, a profissão, a casa, a mulher e os filhos, alternando os bares com o lar, aumentando o tamanho do bolso para os bens que adquirissem. Não iam além, o limite era a cidade e suas ruas, a infância plena e o desejo realizado, conteúdo na forma. O sonho de Francisquinho seria destruído pela falência do pai, terras e casas vendidas, adeus aos estudos; a mudança para o sítio liquidaria suas aspirações; sobreviriam a mulher grávida no descuido, uma penca de filhos e as mãos calejadas de tanto arar a terra. Ainda guardo o seu olhar de decepção, a fúria impotente de um touro acuado. Pé-de-Chumbo ingressaria na fase adulta como Dr. Clécio, ilustre cirurgião, extrapolando a fantasia de ser mais um comerciante.

Lá, à margem do Paradão, as costas sobre a grama, eu ficava hipnotizado pela linha do horizonte, queria saber o que havia por trás do espaço que meus olhos não alcançavam. Ainda alimentava os sonhos, iria para a capital, o jornalismo me aguardava, queria ser correspondente de guerra. A meu lado, os amigos esperavam Renata e Maria, que certamente chegariam para eles. Ainda que na pobreza ou na riqueza, haveria útero para fecundar e seios para amamentar. Eu continuaria indissoluvelmente preso a Lígia, que anos mais tarde partiria, sem endereço a que eu pudesse enviar o que não tivemos tempo de viver. Nem que eu imprecasse aos céus a mais terrível das ofensas ela seria restituída. A chama de sua vida fora apagada; os meus desejos, truncados. Andar a esmo pelas ruas da cidade, um papo aqui, uma prosa ali, o tempo passando, mãos no bolso, cabeça baixa – remédio para as noites insones. Esvaziou-se o sentido das ruas, ocorriam brigas na Rua da Esperança, chovia e fazia frio na Rua da Cuia do Sol, havia velório na Rua dos Contentes, de onde Lígia saiu sem deixar bilhete. Era tudo igual, um deserto de paralelepípedos a gastar os meus sapatos. Busca incessante, nenhum paradeiro, assim foi o fim da minha adolescência até completar o colegial, uma lacuna que a vida não preencheria. A mudança para a capital, uma simples transferência dos nomes das ruas da minha infância para um emaranhado de trilhas de asfalto, caminhos intermináveis, quilômetros multiplicados: eu fiquei lá.

Todas as ruas não têm fim, passam por todos os lugares, levam milhões de carros, ônibus com seus desprevenidos passageiros, caminhões de cargas provendo a despensa do mundo. Há muita fome em todas as viagens. Não há semáforos nas ruas em que transitei, nenhum auto pode estacionar, mão única, velocidade máxima, porque todos os veículos procedem de um ponto qualquer para um lugar chamado anonimato.

quarto de hotel

O JEITO ERA SONHAR, NÃO QUE HOUVESSE SOLUÇÃO num possível sonho. Dor, um mínimo neste pequeno quarto de hotel tão ausente da vida que pulsa lá fora. Teria que se lavar – a água sobre os sonhos. Lavando, correndo, limpando... Diluir-se nesta entrega de quarto de hotel. Um barulho seco, o arrombo em suas entranhas, como uma devastação total: seu nome no chão junto ao amor intocado, latejando. Um corpo de carícias perdidas. Um corpo no quarto de hotel. Presente. Tão novo como a certeza de um adeus enviesado nos fios sufocantes de um telefone: "Mãe, ainda posso voltar?" Nada de seu, a carteira, o dinheiro sobre a cama, o amor barato como a alma amassada na caixa de cigarros, matéria visguenta entre as coxas, nos lençóis amarrotados, desejos espremidos contra os travesseiros onde bocas dizem sim, não. Não! Rosto impreciso desenhado sobre as fronhas, anônimos suores. Quarto de hotel e as intenções presas nele. E esta dor atual, plena, rasgando o ventre, contida pelas normas de um quarto de hotel. Que mão é esta que convida para sentar? Que põe o telefone no gancho? Que guarda a carteira? Que diz "Obrigado"? Ah, que se invente então uma mentira, uma história: bilhetes, encontros, os dentes na mesma escova, o programa de hoje à noite, o jantar e as velas. "Esse dinheiro não dá pra feira". "Meu bem, leve as crianças à escola". "A carne subiu no mercado". E o preço desta carne num quarto de hotel? Quem dá mais? Com quantas máscaras se enfrenta o próximo cliente? Não, a solução sairia daquele quarto de hotel ou de um telefone suspenso num beco qualquer de São Paulo: "Pai, posso voltar?" E a água correndo solta sobre os restos de orgasmos, expurgos que têm a mesma cara, começando pela do gerente do hotel limpando com dinheiro os olhos lúbricos com que todos se identificam. Todos se encontram naquele rosto. Todos se parecem com ele, obedecem à mesma lei, exatamente porque ninguém tem mais nada a perder. Bocas seladas. Há um selo entre a ficção e a realidade. Louco quem desgrudá-lo. Paga-se ao gerente por não se dizer o que não foi dito. Dá-se um trocado para ele gerir o sexo coletivo, administrar as carências. Ele é o que é: a soma do que não somos. No código dos marginais, a norma é o silêncio, acordo tácito; a pena, o desprezo.

*

Ah, não me peças para sair daqui. Não me tentes com o meu desejo de ver o sol, se não tens a minha imagem para devolver. Não me perguntes nada. Não grifes no poema os versos que só interessam a ti. Não me presenteies com eles. Não me pagues com mesadas, eu tenho uns trocados. Sabes o custo? O meu corpo equaciona respostas. Ainda agüento. Vale um pão, um café, já que não queres colher o trigo. Guarda o espaço de nossas vidas nas ruas sujas de São Paulo. Lava a roupa em tua casa, não neste quarto de hotel, mas não me jogues na cara o meu nome. Não quero conviver com o eco de minhas palavras, nem quero que as libertes por mim. "Eu te amo" é o teu grande blefe, a arma com que legalizas a traição, fazes o sinal-da-cruz, pedes empréstimo ao banco, viajas ao exterior, interrompes o meu curso universitário, me deixas grávida – a histeria de teu discurso, sopro seco, a tua vaniloqüência. A mim, restam-me os abalos de todas as noites em que suporto a tua condenação. Mas este território é meu, eu o comprei com a indenização que me pagaste para que eu tivesse o teu filho: vem cá, aqui tu podes, dá-me a tua mão esquerda, toca os meus seios, desliza-a sobre o meu corpo. Isso! Com a direita, pega a carteira, tira uma nota, uma nota alta. Sem miséria, que a prodigalidade não é o teu dom. Deixa-a sobre a mesa. Aperta-me com as duas. Não te envergonhes, não estamos em tua casa. Não me convides para fugir, que tu nada conheces além do quintal. Usa-me apenas. Agora, atira-me na cama. Faz de mim um estribo, golpeia com mais força para te sentires o cavaleiro. Lambuza-me, lambe-me, eu cheiro mal, engulo o grito. Engasgo-me com a saliva. Blasfema enquanto gemes. Eu quero mais, todos os palavrões que compõem a identidade de uma puta. Isso, morde-me os seios, alternando querida com vadia, no mesmo tom, ódio controlado, agressão de filme “noir”. Respira fundo, pressiona forte, gruda em meus cabelos e agora, cavalga, vamos, olha em meus olhos, procura em mim a face que te falta... Vamos, estás chegando, eu ajudo, sou profissional, urra, pés e esporas, põe pra fora, fecha a boca, não me beijes... Sai, sai rápido, que eu não posso ser o teu espelho, pois estaremos irremediavelmente perdidos, vai te lavar, senão eu abstraio o espaço, peço comida, esqueço o caminho que me trouxe aqui. Todas as desculpas estão suspensas nesta pequena área, emboloradas na parede. Mofo. Aqui eu fico. Não há diferença entre morrer no teu ninho e ser morta por estranhas mãos que me apalpam buscando o gozo com que me borram. O beijo negado é o meu primeiro passaporte no desconhecido destes seres que me possuem. E eu pago pra ver.

*

– Narciso, deixa uma caixinha para o gerente do hotel.

fogos de são joão

O SOL SE PÕE E A NINGUÉM PEDE LICENÇA, ENquanto isso uma trama perdida no que se debruça além do horizonte retorna do tempo, invade a área do quarto. Réstias de luz sobre a cama, o corpo inerte na penumbra. No peito, nostalgia, cicatrizes. Cartas sem respostas. Uma canção distante, uma reza de mãe, um arrasta-pé caipira no chão batido, o susto do primeiro beijo despindo Adão e Eva no Paraíso, a Cobra que foge sem história, o gosto bom do pecado, o desejo que explode, o vermelho da face que denuncia. Entrega, suores, água fria, torsos nus, dez Ave-Marias, seios na mão, benzimento, gemidos, cruz-credo, reza que não acaba mais, que não dá conta desse ardor correndo pelo corpo, cruzando fronteiras, aninhando-se nas pernas, na boca. Tentação!

Fogos de São João!
Quentão – uma doideira
Um tiro, um rojão, João
Uma faca, uma paixão
Lucinha, nó no peito
Coração desembestado
Atropelo, confusão – traição
Fuga, sangue, solidão
Memória, baús, sordície
Mulata faceira!

Se fosse possível deter o relógio, estancar o sol na linha do horizonte, despintar o negro da dor, da noite, pedir bênção à mãe, um beijo ao pai. Reinventar casos: o perdão amigo de Mariano num forte abraço de homens feitos.

Pipocas – fogos de São João!
Sanfona e violão
Batata-doce tão doce
Como o beijo de Lucinha
Junto ao pé de café
Amargo feito o fel de Mariano.
Cafezal na escuridão!

Vem a noite, um novo dia, dias após meses, anos de vazio preenchendo-se do nada que espera um novo sol, à sombra de um apartamento, olhos perdidos na roça, o corpo de Lucinha nos braços, um tom de vermelho subtraído ao sol sobre o peito, caixa de segredos lacrada para sempre, o choro que não desata, o grito que não explode, a mancha negra da culpa na faca de Mariano, no peito de João, o patrão. Um estampido seco, fogos de São João.

O sol se põe calmamente enquanto a cidade se organiza para mais um banquete: inferninhos que preparam os corredores da morte que espreitam os chefes de família que se redimem nos lares que expulsam a professora que perde o namorado que convive com os marginais que se alegram com o saldo da droga que promete felicidade que escapa aos homens que não vêem o sol que simplesmente se põe em brasa nos fogos de São João.

No coração, a faca e a solidão
Sem Lucinha nem Mariano
Sem perdão.

o ponto de crochê e o canivetinho

Ele era mais velho, viúvo, já pai de um filho, que ela recebeu quando se casaram, meses depois do baile, um arrasta-pé em que se conheceram: ela, uma bela morena, corpo de violão, a fina flor do mato, o rosto sempre erguido, olhar desafiador, atitudes que carregaria pela vida afora; ele, um sedutor madurão, caipira matuto, fala mansa, alma romântica, chegado a uma seresta. Desse encontro, virou piada a história de Iseta, uma cabocla que se engraçara com ele, reduzida a pó de traque (teve o seu vestido rasgado) pelo ciúme da insolente Nê, redução de Nenê, apelido carinhoso para quem se casou ainda criança, brincava de boneca antes de ter seus próprios filhos.

– Fugiu de casa para se casar com homem viúvo, que se vire. Uma vez casada, emancipada! – a sisudez do pai fazendo escola. – Sem dote nem enxoval!

Tempos difíceis, muito trabalho, pouco dinheiro. Deixaram as terras do pai de Nê, para morarem na Fazenda da Jurema. Corredores infindos para capinar nos eitos de café. De sol a sol, o suor derramado, as mãos cortadas e calejadas. Nada os faria voltar atrás, o amor que os unira estava guardado a sete chaves, um pacto de que não abririam mão, tinhosos que eram. João, descendente de bugres e portugueses; Nê, do mais autêntico filão mineiro: a brisa e o vendaval, forças deliciosamente invertidas a serviço da luta pela sobrevivência. Em casa, bocas famintas esperariam o pão: tiveram dezessete filhos, onze vingados.

À medida que cada rebento berrava à luz do sol, o amor era posto em provas, que eles venceram, mesmo sem jurar ao padre fidelidade eterna, uma vez que só se casaram no civil, queixa do sonhador João que esbarrava no pragmatismo de Nê: cipó se cocha verde, depois racha, por isso é preciso dar tento a essas crianças ainda no pé, não quero ninguém desgarrado! Quando um filho se desviava do rumo, eles rasgavam a parábola do filho pródigo e, com as mãos maceradas, conduziam-no ao rebanho, uma casa de barro batido, cinta na mão para corrigir e braços abertos para recolher, ao som de lamentos para assustar e de cantilenas para adormecer – agridoces criaturas!

Percorreram o tempo, os filhos vindo e crescendo, a necessidade aumentando, longínquas terras por onde passaram em busca de sustento. Em Vera Cruz, perderam tudo, menos o orgulho, que ela não deixava. Alquebrados, enfrentaram todo tipo de trabalho, mas as circunstâncias não lhes eram favoráveis: adveio a cegueira de um olho de João, uma cobra aleijou seu dedo. De Vera Cruz a outras provações, peregrinando por fazendas, engrossando os calos das mãos e dos pés, perderam três filhos pequenos, Nê teve dois abortos espontâneos, um deles, de gêmeos. Ele ficou mais sábio, compenetrado, enxergava mais; ela, mais guerreira na retaguarda, o balaústre. Ele compensava o peso dos dias com a piada; ela apaziguava o cansaço com os beijos que distribuía à farta. Nada os derrubaria, disso tinham certeza – madeira de bom cerne não apodrece na água, nem raio derruba o tronco da figueira –, pois sempre criavam uma saída: um gole de pinga para enganar o estômago, ele sorvia cumprindo o destino de pai; sinal-da-cruz na boca para não sentir fome, ela o fazia reeditando mães, e o pouco que tinham ia para as crianças.

– Quando eu crescer, nada lhes faltará! – jura que seus rebentos cumpriram, cada um a seu modo.

Nessa pobreza, os filhos foram se casando, alguns para se livrar da guerra, outros porque o tempo era chegado e o amor tem pressa, todos levando adiante o legado: trabalho e dignidade. Os netos na mesma esteira, mais tarde os bisnetos; como a história não foi concluída, os tataranetos vieram beber da mesma seiva.

Em Lençóis Paulista – maior que a Fazenda da Jurema, o Tanquinho, Cachoeira das Pombas, Barra Mansa, onde os pais de Nê tinham um alambique de pinga –, compraram um bar para tocar a vida, estavam expostos, mas nada podia ser afronta para eles. Ele passou a gerenciar a carência alheia, ficou mais pândego, inventava chistes, jeito doce de alegrar os dias; ela virou cabeleireira, profissão em que se especializara, na prática, para deixar de herança a três de suas filhas.

Como a vida não blefa, ao contrário, exige, Nê, carismática, não se fez de rogada, meteu-se em política, não escolhia o partido, mas a hombridade. Dos homens públicos exigia a palavra cumprida, o rosto como garantia, um fio de barba para selar compromissos. De gramofone na mão, garruchinha na cintura, ela queimava caixões de defunto com o nome do candidato de sua oposição. Era um palanque, franquia aberta a todos os necessitados. Tivesse estudado, seria deputada, disso ninguém duvidava, tinha lábia. João, quieto em seu canto.

– Só não me envergonhe, Nê!

Não o fez, honrou-o em todas as horas, respeitou os momentos em que ele, silenciosamente, dava conta de seu mundo como um filósofo a cismar, meditando as questões cruciais:

– Xé, aonde eu vou eu levo eu – frase cantada com que espantava o desejo de fugir, de saltar do trem chamado planeta, nos momentos de tédio, uma tristeza que morava lá no fundo de sua alma. O mundo lhe era confuso, as pessoas, estranhas.

Ele sabia que a pequena medida é o homem, ao mesmo tempo grande, porque é o resumo, por isso colecionava miniaturas e louvava as árvores frondosas. A sua linguagem apreciava o diminutivo, em que filhos, netos, mulher eram um pedacinho de seu ser. Intuía que o mundo era louco, muito mais do que se possa dizer sobre o brilho do sol e a escuridão da noite. Não dizia, a loucura tinha de ser apaziguada no silêncio. Não dizer o que se sabe é o código para transitar com segurança entre os seres, sem jamais invadir: o tampão da carência, no ajuste. Uma vez, com a sobra de seu minguado salário de aposentado por invalidez, comprou um livro para o filho caçula:

– O pai é analfabeto, não sabe nada, mas disseram que este é o melhor livro já escrito.

Eram *Os Lusíadas*, de rara edição portuguesa, com que o matuto pai introduzia o filho no universo mágico das letras. Ele sabia o que era um bom começo, ousar sem medo, o resto o amor guia, derrapa, conserta. Só é preciso criar a centelha. Quando ficou inválido, por causa de um derrame, o seu passatempo predileto era descascar cana para os netos, com seu canivetinho. Perfeccionista, cortava os gomos em toletinhos simétricos, do tamanho da boca de cada um, enquanto contava seus causos, criando moldes do vir a ser. Eram tantas as histórias que cada uma das crianças esquecia as estripulias que podia fazer: joelhos para arranhar, braços na tipóia, galos na cabeça, tudo adiado, pois o vô preenchia o tempo, colocava a infância em seu lugar, alargava o horizonte, e a vida era do tamanho que quisessem. Com eles, plantou os pés de coqueirinho e de manacá, a casa tinha de ser uma festa, com cheiro de flores invadindo a mesa posta em que devorava a sopa de feijão com cambuquira, o seu prato predileto. Quando os netos lhe cobravam a receita de estar há tanto tempo ao lado da vó, a resposta já estava na ponta da língua:

– Nunca peguei no sono sem antes perdoar as ofensas.

Nê, a essa altura, trabalhava em dobro, as mãos sangrando, tão fortes eram os produtos químicos que usava para fazer permanente na cabeça das mulheres. Encrespava o mundo, alisava o resto, cortava, aparava e, quando não gostava de seu serviço, colocava uma toalha sobre o espelho, com a desculpa de que estava enjoada, para poder rir a seu modo, malandra que era. Caso a freguesa não aprovasse, desfiava um rosário de argumentos capazes de convencer os mais sagazes interlocutores. Como o tempo é tão elástico quanto a dimensão da vontade, ela ainda se encarregava da casa, comida por fazer, roupa para lavar e passar. Olhos voltados para o estudo dos filhos.

– Essa herança ninguém tira, eles vão vencer!

De todas as histórias a seu respeito, a que mais impressiona é a do ponto de crochê. Ela tinha pressa, não podia perder tempo, filhos para alimentar, múltiplas funções, por isso, quando errava um ponto, não voltava para consertá-lo, seguia em frente e, com gambiarra, pegava-o na próxima passada. Desenvolveu tanto essa técnica que se aprimorou: ninguém notava o ponto perdido e, marota, Nê recebia os elogios pela excelência do trabalho, rindo de um riso faceiro, um misto de malandragem e inocência.

– A vida pede novidade, meninas, não lamentem o que já passou, a gente conserta na hora exata, tem muito mato pra cortar mais adiante e o sol ainda não está a pique – bordão calejado no ouvido das filhas.

É nesse ponto que reside a metáfora de sua vida, a sua máxima: ela sempre seguiu em frente, não lamentou o que ficou para trás, o seu destino era o futuro, as veredas que iria abrir, as cercas que derrubaria, os edifícios que construiria. Ela assimilou todas as perdas – alguns filhos pequenos, outros, homens feitos; os irmãos, os velhos pais e João, que não resistiu ao terceiro derrame – para pacificar todos os conflitos, nocautear as incontáveis adversidades. Do passado só queria as alegrias, as conquistas, a saudade de ser feliz e, se isso não existisse, ela pegava o ponto na outra passada, sabia que a vida não é perfeita, mas pode ser criada com beleza e rapidez, pois é breve: urge viver.

– Nós viemos decidir com quem a senhora vai ficar – eram as filhas, assim que João partiu.

– No meu terreiro, só um galo cantou. Ninguém mais, nem galinha, nem galo novo, nem pintinho vai cantar – era a mesma Nê. – Vou ficar sozinha, na minha vida mando eu. Cuidei de meus pais, de vocês, de meu marido, o que eu podia fazer eu fiz em vida, não dá pra voltar atrás, o leite derramado os gatos lambem, a terra chupa. Agora quero viajar, conhecer o mar.

E foi. Como uma criança, entregou-se totalmente a ele. Poucas são as tintas, ínfimos os recursos para captar o que os seus olhos viram e a sua boca sorriu, fartando-se toda de felicidade plena. Lá, rolando na areia, Nê reviveu a infância, a ausência de bonecas, o braço amigo de seu irmão Luciano, o colo quente de sua mãe Gertrudes. A imensidão e a força do mar casavam-se com a sua coragem. À noite, gostava de andar pela praia, olhando as águas beijando estrelas: certamente João, o seu Joãozinho, era uma delas. Contemplava a Lua e transportava-se àquele baile, a música ela sabia de cor.

Viveu mais trinta e três anos sem João, completando sua intensa e suave cartilha, aprimorando a arte do afeto: a beijoqueira de beijos doces. O seu coração nunca a traiu, nem quis abandoná-la quando seu corpo, exangue, precisava partir, mas não se entregava e, nessa premência, Nê pediu ao filho mais novo que a ensinasse a morrer. Da vida sabia tudo e era tão fiel a ela que se esqueceu desse detalhe.

– Sonhei que seu pai veio me buscar, tem baile em Macatuba – e antes que suas pálpebras cerrassem a chama de vida, recomendou: – Hoje tem eleição, vocês não vão votar? Bernardes – o nome de sua família – não perde parada!

O canivetinho rasgou a realidade para que João pudesse criar sonhos; o ponto de crochê furou o véu da fantasia para que Nê ficasse com os pés no chão. Ambos, ao som de música caipira, cheiro de manacá e de comida caseira construíram a herança: compreender o outro como forma refinada de amar, ainda que isso implique dor, silêncio, resignação e perda.

Lá em cima, onde a paz faz sentido, despidos de vaidade e alheios à intransitividade humana, de braços dados, o velho João, a calma nos vendavais, e a velha Nê, a explosão de mil átomos, contemplam o acontecimento que orquestraram.

egrégia

ELA ERA SUPERLATIVA; DE JOSÉ DIAS, A PIOR ADversária. Tinha tanta consciência dos atributos de que se compunha, que esnobava os precários sufixos com que a língua portuguesa – ou qualquer uma, já que era poliglota – limitava vôos mais altos que os produzidos por meros graus dos adjetivos que a expressavam. Adjetiva, ela era – ressalte-se, na categoria mais elevada, um modo enviesado de ser substantiva, descartando-se da limitação do nome para se expandir nas qualidades –, a ponto de julgar Capitu uma redução, nominal e histórica. De Medéia, com o seu ciúme abissal, era fã, embora transformasse a lendária personagem grega num parvo inseto quando comparada às explosões de ira de que era capaz. Que Jasões, que nada! Ela sabia domar os homens, de todas as têmperas, tamanhos, níveis, ao som de um delicadíssimo "Amor, cale a boca!" Dizia, quando muito, em sinal de desprezo absoluto, que os gregos, como inventores da tragédia, mitigavam a dor humana; a sua era do tamanho das circunstâncias. Criava a própria personagem para, explodindo, limitar-se ao espaço que o marginal ocupa, conhecedora dos guetos em que se especializara e onde se tornara mestra. Com naturalidade, explorava exacerbadamente o exagero, começando por sua altura, 1,98 m de pura arrogância e ironia, maldita no verbo, no porte ereto, no simples olhar do alto.

Magro, esguio, quase a listra de um tecido para vestir as finas pernas que suportavam um corpo pronto para dançar, olhos pretos penetrantes, sobrancelhas retas em forma de risco, orelhas discretas como se não existissem, nariz afilado acusativo, face com músculos bem pronunciados, cabelos castanhos numa franjinha anos 70 sobre a testa quadrada, tipo Frankenstein, boca aberta em grau dilatado, escancarando o branco dos dentes alinhadíssimos, ele, ela era toda a safadeza que as escolas da noite podiam reunir num só ser, feliz como franga solta numa gafieira, rã livre no brejo, esdrúxula porque queria ser sutil com seus sapatos ou impagáveis tamancos 45 cobertos por calças boca-de-sino, peito aberto das batas indianas de um rosa indiscutível, colares no limite do excesso, braceletes feito guizos, com uma das mãos segurando a cintura que requebrava, enquanto a outra circunscrevia ogivas nucleares no ar, ao som do refrão:

– Você já viu escândalo de bicha?

Invariavelmente começava assim, queria briga ou chamar a atenção, um rito de entrada para marcar território, o cio a guiava: rodopiando sobre os pés, a mão direita desenhando circunferências na estratosfera, tão alta que parecia tocar nuvens, ela gritava e ria – dizia que gritava mudo para acordar os acordados. Sobre o chão, seguros por seus tamancões delicadíssimos, prostravam-se caminhoneiros, bombeiros, estivadores, turma da pesada, ela não deixava por menos, todos nocauteados pelo prazer de apanhar e servir: homens musculosos de cuja masculinidade ninguém duvidaria, agora, subjugados, reduzidos a putas de bordel, espezinhados como titica de galinha; realizados, porém. Delirantes sob os tamancos, prestavam serviço à grande dama e, como zangões na dança fatal e inseminadores da viúva negra, chamavam-na de Egrégia, tratamento do qual ela não abdicava, reconhecia-se nele e por ele era adorada e, com ele sussurrado ou berrado aos seus ouvidos, gozava em frêmitos ensandecedores, a sua forma suprema de orgasmo: Egrégia, o som quente de línguas másculas, saliva redentora.

– Pauperrimissimerricíssimos! – vociferava a boca destampada dessa deusa dos quartéis, dos boys de aluguel, dos velhos de banheiro, dos menininhos de shopping, dos homens indecisos entre a aliança e o armário semi-aberto. – Reduzo-os a cocô de galinha! Quem é homem para me tirar sarro? Poucos se atreviam a responder, sequer levantar os olhos do chão onde se espatifaria qualquer desejo de ser superior, qualquer insinuação de adversidade. Sedução e medo, ela exalava segura, contrariando a lei da gravidade para dançar leve como pluma.

Todos caíam no tapa, na tamancada, no jogo do desejo. Bastava alguém posar de homem-macho como se a desdenhasse, para aguçar-lhe os sentidos, despertar-lhe a sanha, avivar-lhe os poderosos instintos, desalojar-lhe as mais temidas feras. Com fúria de vulcão, ela se lambia toda, ávida por carne. Carrasco e redentora, Egrégia, soberana, saltitava aos gritinhos, saboreando sofregamente o jantar dos vencidos que, em sua cama, sentiam-se vencedores, como se, admitindo-se subjugados, detivessem o poder sobre aquele corpo que, sendo de um homem sem o ser realmente, não comprometeria a relação, não macularia o caráter, nem infringiria o código masculino. Assim viviam a certeza de um jogo que não implica responsabilidade: perder para ganhar, fruindo prazeres que ela sabia deitar goela abaixo como escrava e rainha. Delírio, orgasmos, vestígios e detritos, ela era pura refeição, palitando os dentes num riso debochado de fazer inveja aos mais convictos canibais.

Morou em Carapicuíba, dos bofes maravilhosos, quando, ainda menina, sentiu as porradas do preconceito, o chute na cara ao som do grito inquisidor de impropérios vociferados com raiva e desprezo, a expulsão de casa, o inesquecível dedo do pai a lhe indicar o caminho da rua em que viria a conhecer o peso de sua liberdade, o prazer e a vergonha; em Quitaúna, dos soldados carentésimos, a quem socorria lubricamente para garantir companhia nas noites ao relento, cobertores, dança do sexo coletivo, tornando-se mestra da primeira noite de um reco, seu prato preferido; em Osasco – autoproclamava-se uma cidadã osasquerosa, osasquerosíssima! –, onde abandonou as ruas para ser escriturária durante o dia, a loucura estancada atrás de uma mesa, entre papéis, à espera da noite quando liberava a fera contida, alimentava seus planos de estudar, seus vôos, sonhos de uma adolescente, pagos por michês senis; de Osasco a São Paulo o corredor é contínuo, milhões de pecados por avenidas intermináveis, recantos da alma, a perversão dos guetos, múltiplos exercícios da arte de sobreviver, o aperfeiçoamento de sua marginalidade, máscaras de alegria, com o olho no futuro, jamais dormiria em ruas, já podia comprar o agasalho, preferir o comedor à comida, podia escolher: New York, better, betterrimérrimo!

Maquiada, brilho adjetivo para cobrir o breu das noites sangrentas, nesse trajeto foi construindo sua glória: transou com todos que estivessem com a guarda baixa, nem era preciso guarda tão alta como uma suposta prevenção, ela derrubaria cercas, seduziria, nem que fosse para reclamar da falta de palitos ou do salmão salgado, salgadérrimo, desculpas com que traçou o comissário de bordo durante o vôo São Paulo-Nova Iorque.

Lá, odiando o inverno, dominando o idioma e os bofes, amando o anonimato, casou-se com uma fanchona para ser da casa. O espaço maior e a vertigem não a assustavam, estava escolada, depurava-se apenas.

– Cidadã americana, ianquésima! – berrou em Times Square, indiferente à Coca-Cola.

Como era fotógrafa, das excelentes, trocou as máquinas e invadiu as passarelas. As lentes viciadas desde Carapicuíba só flagravam homens, modelos de Armani e Versace, os preferidérrimos. Passarelas, camarins, closes indiscretos, galerias de ternos, calças, cuecas, homens nus, infiltrando-se sorrateira. Era preciso colher o que a vida não lhe dera e que ela, sabiamente, plantara. Improvisava com talento, criativíssima no mínimo, transformando em book os ingredientes de seu prato favorito. Fez fama, ganhou notoriedade, uma profissional explorando o princípio do prazer. Simplesmente era a Egrégia Byron, byroníssima!

Assim como fazia a rota Brooklyn-Manhattan para alimentar a boca de lobo, transando no metrô, paquerando às claras, sorvendo o néctar de seus deuses, clicados em celulóides, voou para a Europa, suas fotos ganharam o mundo, eles a queriam, todos a seus pés, elegantérrimos, seu nome dava capa de revistas, ela sabia escolher o ângulo, a pose, criar o clima, transformá-los em objetos de prazer, extrair da futilidade a promessa do gozo supremo. Paris a recebeu em silêncio respeitoso (uns chatos, cansadérrimos!), Londres reverenciou o ícone da modernidade, uma versão tupiniquim de Andy Warhol estampada nos jornais (quietíssimos, fleumatiquérrimos na serenidade britânica, demais!), Praga acolheu-a com respeito de súditos (homérrimos, altésimos!), Milão (amabilíssimos, gostosérrimos!) garantiu-lhe a consagração final, era reconhecida nas passarelas e nos estúdios, seus cliques cheiravam a dólar. Desprevenida enquanto saboreava a fama, perdeu-se em Roma, presa por vadiagem e atentado ao pudor, embora posasse de fotógrafa casada: depenava um gajo no Coliseu. Injuriada e julgada, confirmou sua majestade quando depôs:

– Dirijo-me a homens e não a vós que, de humano, só tendes a figura! – bradou aos ouvidos romanos, na convicção de que reeditava Cícero, dirigindo-se agora do Coliseu para os leões, machões, cristãos, arrivistas e comunistas, com a mão esquerda na cintura e a direita desenhando círculos no que restara da primitiva atmosfera latina. Que rosnassem os leões, bradassem os centuriões, ribombassem as trombetas, ela, a Egrégia, não se curvaria à tradição nem transformaria em culpa o prazer de ser(vir).

Sem máquina nem fotos por que já fora paga, ferida no âmago, alma estilhaçada, alquebrada na cintura e no ego, diminuída na hipérbole, voltou ao Brasil à procura de seu passaporte:

– No alto do Empire States rasguei minha identidade! – Nova Iorque engoliu contrafeita.

– Fiz da Torre Eiffel meu abajur! – Paris silenciou a Marselhesa.

– Decretei o fim da Era Romana! – a Itália se envergonhou de seus Césares.

– Ó gigante adormecido, a mais acordada, acordadérrima voltou! – o Galeão suportou calado.

Extenuada, vencida jamais, casaco de pele sobre os ombros, mão esquerda lá, mão direita onde sempre esteve, Egrégia atravessa o saguão como se ouvisse aplausos, preparando o cortejo que a levaria a São Paulo, trajeto em que suas histórias se repetiriam: o palito de dente, uma piscadela para o comissário de bordo, encontro marcado para o dia seguinte, olhar desafiador, risada estridente, cantadas ao som de íssimos, ílimos e érrimos, ora sussurrados, ora detonados. Era uma menina retornando ao lar, inocente ainda, porque não traíra a sua essência, o molde que criara para nele viver sem arestas, simples encaixe.

Em Congonhas, mãe e irmãs cobrando terços e santinhos que o Papa benzera. Da imensa e delicada frasqueira salta um rosário, que o menino Francisco ganhara do pai na sua primeira-comunhão, e um São Francisco de Assis, presente do avô, únicas referências masculinas de sua constituição. Nos olhos, uma trajetória que as palavras não captam, mas expressam versões, uma delas pateticamente estampada na primeira página dos jornais, ponto final de uma queda vertiginosa do último andar do Emílio Ribas, sem superlativos.

a tranca

Os portões se abrem, Luísa passa por eles, levando com dificuldade o pequeno corpo envolto em roupas claras. A família a espera – beijo de pai, lágrimas de mãe, gritos de filhos. Cresceram demais. Angélica, moça feita. Ricardo, mais que um homem, o substituto do pai nos gestos, no olhar indagativo, no tom seco da voz. A porta aberta, sinais para que entrasse, o caminho era longo. O regresso, o lar, a vida de novo. O pescoço se volta, faz um giro no corpo imóvel, a tempo de ver os portões se fechando, guardando a Clínica de Saúde Mental Santa Amália.

... restava a superfície: olhar o mundo com o espanto dos que choram, berram. Sussurrar como cantor numa música de efeito lisérgico. A superfície depois de um longo mergulho, o ar da superfície, com os dentes rangendo ao vento, tesa, num compasso frenético. Gritan-

do a estranheza por se chamar o mesmo por fora, como se o nome me restituísse a identidade. Para que eu mergulhei? Por quê? A resposta não pode ser prece nem decodificada, tem que ser grito dissonante, voz esganiçada de fera presa. Mas estou sem forças, o mergulho foi profundo, por águas revoltas, arrecifes de corais... Sou ostra fecundada, presa a um rochedo qualquer, a pérola latente me queima, corrói minhas entranhas. Em que momento, eu, por mares desertos, fui fisgada no vapt de algum mergulhão, conhecendo a negação esculpida, sem meu consentimento, em todo o meu ser? O que fizeram de André? Transformaram-no em estátua? Mas ele já fecundou esta ostra. Ah, tirem os nervos destas ostras todas e verão a secura do mar! Dêem razões a este oceano e verão a revolta das marés! O silêncio produz mais silêncio, não ouço respostas, não ouso perguntas. Já tomou o remédio, D. Luísa? É hora da terapia em grupo. *E esse vazio, não há como preenchê-lo.* A senhora precisa reagir, não queremos entrar com medicamentos pesados. *Como seria bom se eu pudesse me guiar apenas pelo silêncio, sem ouvir estampidos estourando a cabeça de André.*

Nascem dias intermináveis, gerânios de primavera, cogumelos atômicos, suspeitosos cravos vermelhos e eu gerando esta pérola vigiada por todo o espanto do oceano, águas desordenadas, migração de peixes. Ah, de quantos silêncios foram fecundadas estas ostras! Quantos baques, pressão, taquicardia inconteste presa ao rochedo! Marejados olhos de contemplação suave: o sentido da maternidade à espera do momento exato e da contração com que o filho nasce, pequeno inchaço de prazer – o primeiro grito. O primeiro grito de André em meu ser. Que perigos ele corre? Pernas abertas de um parto inevitável. O soluço de André. D. Luísa, arrume-se, vamos tomar sol! O dia está bonito, aproveite. *A dor de André, quero pari-la num gesto louco, desatinado, atirando-me contra o rochedo: suicídio de secretas intenções, na impossibilidade de retê-lo, lançar-me correnteza afora. E essa pérola se desenvolvendo em mim, meu corpo deformando-se, as águas profundas de um silêncio sem respostas.*

O mergulho me levou longe demais, preciso retirar oxigênio da água, já estou treinada. Dá-me, por favor, um caminho, um sapato para que eu possa pisar no teu terreno. Aqui eu me viro, posso flutuar; todas as algas confirmam a solidão. Não podemos dar alta, a senhora insiste em não falar, reaja, D. Luísa. *Mas eu quero poder andar na superfície, sem ouvir um canto de guerra nem me transformar em soldado. Quero aí fora um aliado. Preciso. As ondas levaram André, eu intuo. Era belo demais para fazer parte da realidade. Era vasto, só o mar o contém. O mesmo mar em que gero minha pérola, presa a um rochedo. Mas hoje um sono desce, pesa sobre as pálpebras, prostra-me com antigos pesadelos, ruminações, intelectos envelhecidos, livros mofando na estante, perdidos em livreiros: os amantes do passado, os amantes do presente. E este mar tão antigo. Quantas ostras foram fecundadas? Em que tempo dele estou? André era a volta conhecida, a testemunha da ida, o meu mergulho por entranhas insondáveis.* É assim que a senhora tem que se comportar, participando, seguindo à risca a terapia. *O segredo guardado em terra firme, temendo o desequilíbrio, a ordem instaurada, que é a dor e poucos sabem. Como me calar, amor de pérola que sou? Não quero do amor o selo em meu peito aberto. Quero dele o grito mais terrível, lancinante, da garganta, das profundezas onde concebo André e seu filho e me dano toda da pior danação...*

Luísa

Há certos assuntos que não podem ser adiados. Considere isso ao ler esta carta. Sei que me quer distante de tudo que a cerca, tanto sei que respeitarei seu desejo, mas lhe peço que repense, quando puder, a questão de nossos filhos. Permiti que ficassem nesta casa, aliás, minha casa, até o seu completo restabelecimento, que, penso, será o mais breve possível. É claro que na companhia de seus pais (ainda não sei do que você é capaz quando está sozinha). Eles podem ficar o tempo necessário. Ricardo, apesar de tudo o que viveu, não me preocupa, já é dono de seu nariz, decidirá por seu destino e, como eu, não tem medo de enfrentar a verdade, embora para isso o preço seja alto, mas Angélica ainda é uma adolescente, cheia de sonhos, perdida em devaneios, contrariamente a minha vontade, bem chegada ao seu modelo. Temo por ela, é tão frágil quanto você. Temo pelas marcas de tudo que vivemos... Por favor, compreenda-me, eu quero o melhor para os meus filhos. Sei que são seus também, mas depois de tudo o que aconteceu...

Deixei instruções ao caseiro, Rosinha e Mara se incumbirão dos serviços, esta comandará a criadagem. Há dinheiro para as despesas, sei que seus pais não me permitirão arcar com tudo. Não estranhe, ordenei que reformassem a casa, que nada lembrasse a tragédia que nos acometeu. Sinto muito, ou melhor, nada sinto, pois não pude consultá-la, você estava incomunicável; por outro lado, o mais atingido fui eu, achei que devia, tomei decisões. Bem, não quero falar sobre isso em respeito ao seu momento. Deixei trancado o meu quarto, fique com a segunda suíte, é tão ampla quanta a antiga, você se acostumará, já que é por pouco tempo - espero! - enquanto decide com quem vai morar.

Luísa, não ouse abrir o cofre, só há papéis que me pertencem, coisas ordinárias que nos dão legalidade: impostos, escrituras, recibos. Nada que lhe interesse. Suas jóias foram depositadas num banco até você tomar pé das coisas. Não as quero de volta. Não me escreva perguntando sobre suas cartas, é claro que as queimei, pois minhas mãos, meus olhos já foram queimados por elas. Queimei-as para que não queimassem o que sobrou em mim, um mínimo de dignidade, o resto você me furtou. Não me cobre mais tarde dizendo que eu a desrespeitei, que invadi sua intimidade, seu mundo secreto. Você sabe que nenhum marido traído é ético, não me culpe, então, por ter violado sua correspondência. Eu não tenho sentimentos, não tenho alma, não tenho razão: só tenho os meus filhos. Isso você não queimará.

Ricardo deverá aparecer por aqui nos fins de semana. A casa é dele, não se esqueça. Dele e de sua namorada, de seus amigos. Não interfira no envolvimento destes garotos. Eles já têm vida própria, conhecem o terreno em que pisam, sabem do molde que os espera. Para eles, você não tem história, sofreu um desequilíbrio e se recuperou. Em nome desse descontrole, você não tem memória, só se lembra de amenidades, coisas de uma pessoa em convalescência. Essa é a sua verdadeira história daqui pra frente, um caso de depressão, alguns meses na clínica, restabelecimento em casa, borracha na dor, água sanitária sobre o sangue. Sorrisos para a vida que há de vir. Não quero que meu filho divida socialmente a vergonha e o peso da desonra, principalmente com os amigos. A identidade de Ricardo já foi afetada, comprometida, eu diria. Sei como ele catou um caco aqui, outro ali, calado, do jeito dele. E dê graças a Deus por ele não repudiá-la, já que foi a testemunha daquela cena, nem se atreva a tocar no nome do outro na frente de meus filhos, quero crer que esse nome já tenha sido varrido do vocabulário. Não quero lembrá-lo, eu ainda hei de me livrar dele. As tragédias, por mais intensas que sejam, infelizmente, não aniquilam as palavras. Depois que tudo passar, isto é, depois que a dor maior passar, se passar, depois que você se recuperar, meu advogado dará início ao processo de divórcio, pedirei a guarda das crianças, a divisão dos bens não me importa, já que este não é o problema, não foi por eles que você se separou de mim.

Tente cuidar de meus filhos como devia ter feito antes.

Afonso

E nas folhas do diário de Luísa, gotas de sangue narram a história de André.

a bodega

— Um uísque na mesa 12!

Vestida de negro, colar de pérolas discreto, cigarro na mão, ela se dispõe a esperar o barman que prepara o seu uísque. A fumaça em evolução ludibria o tempo, não há pressa, nem ela sabe o que faz ali.

A cidade era estranha, em tons góticos, talvez fosse a luz do bar ou o que trazia de dentro, a sua história, as suas travessias, desertos, mares, veredas, cipós. A beleza interiorana se esconde nas casas, no cruzamento de falas em que toda família se identifica e se sente segura, mas ela estava no bar, só. Ela, a forasteira de negro, expondo-se no colar de pérolas, à penumbra, um pequeno luxo de seu tempo, um artifício de mulher, aparição de dama, sem pensar na sua idade: já passara os cinqüenta, nem previa o que a vida reservava, fumava apenas, escondendo de si mesma um cigarro que dizia ser o último.

O primeiro uísque chegou. O segundo, outros na seqüência, olhos fixos no barman. Por que não? Ele foi além da piscadela, insinuou-se. Era preciso reanimar o que já não sentia, não sabia dizer, a fatalidade nas mãos; no bar, as chances de ser outra vez uma vencedora: olharia o cordeiro com os olhos de promessas, ocultando o que os dentes de lobo admitem como refeição. Esse prato ela queria: mais um uísque, por favor!

– Um chope na mesa 6!

Calça bege, peito aberto da camisa marrom, um moço discreto, cigarro na mão, dispõe-se a esperar o barman que prepara o seu chope. A fumaça em evolução deixa as pessoas sem contorno, como figuras de um quadro impressionista, uma foto desfocada.

A cidade era familiar, casas antigas, portões com histórias do início do século, velha conhecida, por cujas ruas vagava solitário depois da meia-noite, à procura de garotos indecisos. Sabia dos costumes: o cinema com a namorada, farra nas lanchonetes com amigos, amassos no portão sob o olhar atento dos pais das meninas, rua para desaguar e a entrega ao insólito, ou ao ato solitário com as mãos. À altura da necessidade, ele entrava em ação: boca de lobo que não despreza o prato. Tudo voltaria ao normal no dia seguinte, a beleza interiorana escondendo-se nas casas, na algaravia com que toda família se identifica. Ele não se sentia só, sabia que sexo e amor são como café e leite: bebem-se juntos ou separados. Ainda não era meia-noite, estava no bar com uma possibilidade na mão: um barman que se insinuou além da cortesia profissional. Mais um chope, cinco, dez, era cedo, a lua cheia ainda não se fez por completo.

– Uma taça de vinho na mesa 18!

Calça jeans apertada, camiseta com decote ousado, piercing em vários pontos, cigarro na mão, ela se põe a esperar o barman que lhe trará a taça de vinho. A fumaça em evolução lembra os bailes punks em que se perde em bebidas, cheiros e som da pesada.

A cidade era careta, com suas velhas casas, gente conhecida demais para poder vaguear sem ser notada: todos os paralelepípedos lhe eram familiares, já vomitara neles; por todas as ruas, que invariavelmente conduzem ao mesmo lugar, já peregrinara à procura de um homem que não quisesse apenas o seu sexo. Com tantos já transara que se sentia velha aos vinte anos. Determinadas práticas não alongam o tempo, pelo contrário, encurtam-no. Ela sabia que, principalmente nas relações amorosas, a carência, a realização ou a frustração determinam o que o outro é. Criam o outro. A beleza interiorana se esconde nas casas quando se pode chamá-las de lar, acalanto, lareira de amigos para aquecer o inverno. Mas não se sentia só, tinha a si mesma, o seu mundo em que se trancara com livros, discos e gatos. Não, não era uma avulsa, ainda podia ter o barman, que, diferente dos outros, dava-lhe uma atenção especial. Era preciso beber mais vinho, uma, duas garrafas. Não tinha boca de lobo, nem por isso rejeitaria o prato que lhe caísse nas mãos, tinha uma sede estranha, um desejo inexplicável de linguagem, vontade de dizer o seu nome, de se refletir no outro.

– Uma água mineral na mesa 9!

Com o paletó puído, calça e camisa amassadas, chapéu preto na cabeça, cigarro na mão, ele espera o barman que lhe matará a sede. A fumaça em evolução atordoa-lhe os sentidos. É velho demais para ver com nitidez. Quanto mais obscuro é o mundo por dentro, mais necessária se faz a luz do lado de fora.

A cidade era triste, todas as casas com suas janelas e portões antigos, todas as ruas e vielas, todos os bancos de jardim, todas as árvores lhe contavam a mesma história de perdas: a mulher que se foi, os filhos que se casaram sem deixar-lhe espaço para brincar com os netos, todos os amigos que deram adeus mais cedo, todas as mudanças que tentou acompanhar, inutilmente adaptar-se a elas. A vida se arrumando em cada lar à revelia dos que sentem, paradoxalmente correta para azeitar paixões, arder corpos, fabricar fantasias, excluir os que foram longe demais. A beleza interiorana se revela no aconchego das casas, no entrelaçamento dos que nelas vivem e se confundem com suas falas, mas ele estava no bar, só. O barman olhou-o com simpatia, cara de neto, talvez mais uma água, mais um dedo de prosa. Depois o banheiro, escravo que era da incontinência urinária, podia ir, vir o tempo necessário, todo o tempo que quisesse usar para chamar a atenção, tropeçar para que alguém o levantasse, porventura indagasse onde morava. Ele sabia que não fazia parte daquele mundo. Duas águas, três, ainda é cedo e a noite, longa.

Duas horas da manhã, a Bodega se fecha, contas pagas, gorjetas, o bar em arrumação, tudo limpo para o dia seguinte: água e detergente sobre copos de uísque e de água, canecas de chope, taças de vinho, os sonhos lavados escorrendo pela pia. A forasteira de negro aguarda no carro sob um poste sem luz, retoca a maquiagem, confere a estampa; o moço se retira e faz ponto na esquina, entrega ao tempo o poder de decisão: quem chegar primeiro leva; a moça de piercing, amparada pelo poste, regurgita sobre a calçada, buscando frenética uma bala, um chiclete na bolsa em desordem; o velho se apóia no portão da saída, algum filho de Deus há de levá-lo para casa, alguém com quem possa dividir a sua história.

Quando a lua cheia se põe completa sobre o céu da cidade, o barman se retira, pés inchados, mãos frias, desalento da fadiga, o sono e o cansaço desobrigam-no de ser humano. A beleza interiorana se revela nas ruas em que seres travam a batalha da sobrevivência, nas casas, onde as pessoas dormem e se parecem com anjos despidos de maldade, sem a dor da solidão.

os vizinhos

O EDIFÍCIO É ANTIGO, COR DE TERRACOTA, KITSCH de um neoclássico anos vinte da cidade de Chicago, localizado numa rua sem saída da Vila Madalena. Apartamentos enormes, pé-direito alto, amplos terraços de onde se avistam a Praça Pôr-do-sol, um pedaço da Cidade Universitária e da frenética marginal de Pinheiros. Os reformados gozam o conforto da tecnologia e conservam a suntuosidade da Casa Grande; os antigos convivem com problemas de energia elétrica, padecem das infiltrações, das rachaduras nas paredes descascadas, do espaço ocioso, destoando dos padrões da classe média alta paulistana.

Anoitecia e alguns moradores voltavam ao lar. Banhos, jantares, encontros com os familiares, com a solidão, novela das oito, livros, pequenas arrumações, acertos de conta, o prazer do diálogo, o papo adiado, o relatório das horas e dos compromissos, o pecado omitido, a indiferença, sexo nas inúmeras versões, o sono, a insônia – a rotina.

– Chatice, hoje tem reunião de condomínio, vai sobrar pra mim, vou ter que fazer sala pra outra – pensava em voz alta a mulher do 31, professora aposentada, solteirona, cujo traço principal era a contradição, em que muitas vezes se perdia a vizinha do 32, uma viúva, mestre em citações, que se aproveitava desses encontros para ser a protagonista de um grupo em terapia. – Ah, se ela vier com aquela história de que o filho fugiu de casa pra se juntar com uma mulher mais velha, eu não agüento! De novo, não! Quando não é essa, ela desenterra a antiga ladainha de ter sido abandonada no altar, em segundas núpcias, com a desculpa de que só o Freud explica. Hoje eu não estou pra conversa fiada, eu boto ela pra correr! O que é isso, uma senhora, quarentona, que não sabe lidar com as perdas? "Até o gato me rejeita", só porque o seu bichano deu uma fugidinha! Já passou dos limites! A geografia do mundo está mudando, o dólar dispara, doenças matam, daqui a pouco a Terra já nem existe, e ela cutucando a veiazinha do orgulho ferido. Um dia, eu jogo tudo isso na cara dela! Parece uma adolescente, coitada!

Enquanto se arrumava para descer ao salão de festas onde ocorreria a reunião, a campainha tocou. A face da tragédia se expunha:

– Querida, ainda não está pronta? A reunião já vai começar.

– Entre, eu não demoro, o síndico sempre se atrasa. Tem cafezinho feito agorinha mesmo, sirva-se à vontade, você é da casa.

Indecisa, sentou-se a contragosto num sofá preto que se fundia com o preto de seu vestido. Era um camaleão. Detestou, mas não podia ficar em pé, estava exausta da esteira, dos abdominais para manter a forma, a barriguinha tanquinho e a bundinha arrebitada. A outra cantarolando no banheiro. Entediada, passou os olhos pelo apartamento tão conhecido; irritava-a, agora. A cor preta nos sofás, nas cortinas, nos móveis; o piso e as paredes brancas. Santo Deus, tudo em perfeita combinação corintiana! Sentiu um arrepio percorrendo o corpo, rapidamente espantou o que a acometera, para continuar a vistoria. Mistura de estilos, um exagero de fotos expostas, reproduções de quadros famosos, e quinze esculturas de São Francisco de Assis! Onde ela acha espaço para tanta quinquilharia?

Inquieta, os olhos no relógio, levantou-se e dedicou um olhar mais atento à foto no centro da estante, acima da televisão, sabia tratar-se da mãe de sua anfitriã, mas nunca tivera coragem de perguntar como ela era, temia que uma resposta qualquer pudesse desmontá-la. A imagem estampada não permitia dúvidas. O que a intimidava, admitia a contragosto, era a força expressa no rosto da velha senhora, a altivez do porte, o olhar sereno e dominador, as rugas acentuando-lhe a autoridade. Não, não podia encará-la, ela era o seu contraponto. Desviou os olhos com rapidez, depositou-os num arranjo de flores sobre a mesinha de canto, numa tentativa de recuperar o fôlego. Era incapaz de fazer o caminho inverso.

Perdida em seu fastio, nem percebeu que a dona da casa estava plantada a seu lado, observando-a, numa explosão de tom vermelho, que ia do vestido ao sapato, para reverberar nos lábios delineados:

– Então, vamos tomar um café para fazer boca de pito?

– Aceito! – sem perder a ocasião, rapidamente emendou: – Ainda bem que você tem um tempinho, estou me sentindo um lixo desde que voltei de Piracicaba, fui tentar pela última vez, juro, uma reconciliação, dei com os burros n'água, ele não me quer, disse que o tesão acabou antes do altar, que a gente ia fazer uma tremenda besteira, que não podemos perder mais tempo... Me diz, meu anjo, por que então ele vive me telefonando?

– Querida, ele anda preocupado com você, quer ser seu amigo, coisas de homem educado. Deve estar se sentindo culpado também, sei lá!

– Eu sempre perco, por quê? – o prólogo do dramalhão em cena aberta. – Não quero ser amiga do homem que amo. Parecia que tudo ia tão bem, que a gente ia voltar, de repente mais um não na minha vida. Ele já me trocou por outra, percebi marcas de mulher na casa dele, agora é que não tem volta.

– Então, está na hora de recolher o time, esse caso já rendeu pano pra lá da manga, tem mais reportagem do que assunto, você não acha?

– Ah, meu anjo, como disse o filósofo, "o tempo é tão elástico quanto a dimensão da vontade". A minha ainda não acabou. Eu só queria saber o que fiz de errado. Estou tão velha que não desperto tesão? Preciso arrumar um motivo para odiá-lo.

– É uma boa desculpa para continuar amando-o.

– Por que você insiste em me contrariar?

– Você é que contraria a sua natureza: quer companhia mas expulsa as pessoas. Assuma que quer ficar sozinha, ou pague o preço que todo relacionamento cobra.

– Não sou como você, que sabe administrar a solidão. A minha vida sem marido e filho não tem sentido. Qualquer dia desses, perco o gato também...

– Aí é mais fácil, você arranja outro!

– Não brinca, não agüento outra perda. Hoje, estou me sentindo a própria Blanche Dubois: "Senhores, não se levantem, eu sou apenas uma ave de passagem!"

– Quem?

– Blanche Dubois, aquela de *Um Bonde chamado Desejo*. Só de pensar no destino da coitada, eu choro. Eu não quero acabar feito louca, mas não sei que rumo dar a minha vida.

– Que nada, querida, você tem mais sorte que ela – a anfitriã pensava em todos os filmes que vira, em sua própria trajetória, o drama era igual. – A solidão da coitada era patológica, a sua é circunstancial, aposto que na academia tem homem sobrando, prontinho pra ser fisgado. Um papinho, uma aventura, uma saidinha... Um programinha light é bom pra variar o cardápio.

– Que tem, eu sei, principalmente garotões, com aquele olhar de gulodice, mas eu não seguro, sou sempre trocada, pareço um útero escorregadio: engravido e aborto.

– Por isso é que eu não me envolvo, os homens não merecem lágrimas. Aceite com orgulho, cabeça erguida, você apenas cumpre a sina, destino de mulher é ser trocada. Faça como eu, chifre por chifre, truco! – falava mais para si mesma do que para a outra. – Ah, esse jogo eu não perco. Tem mais, querida, na nossa idade, eu só quero sexo, amor escraviza, paixão corrói. Eu, hein, tô fora!

– Você está certa! Azar o dele, um dia ele vai perceber que mulher como eu não se acha em cada esquina. Sou independente, não incomodo, sei tomar conta da minha vida e, além de tudo, sou fiel como um cão, como um gato, quero dizer. Ele não sabe o que está perdendo! – copiosas lágrimas traíram a segurança de suas palavras.

Enquanto abria os braços para a amiga, pensava que ele, exatamente por saber o que estava perdendo, procurou outra. Calou-se resignada, seria platéia mais uma vez. Que a noite não fosse longa!

Enquanto a hóspede chorava torrencialmente nos ombros da anfitriã, o síndico, morador do 11 – um viúvo, bem-apanhado nos quarenta e dois anos, elegante tanto no jeans quanto no terno, de fala forte e pausada, dicção perfeita, nobre produto de educação requintada –, arrumava os relatórios que apresentaria no encontro dos condôminos. Sempre faltava um documento, uma nota fiscal; constantes eram os erros de balancete, a divisão das despesas, sem contar os atrasos a cada reunião, um verdadeiro desligamento, caso insolúvel, falhas que a maioria compreendia, pois ele as compensava com a disponibilidade, era uma espécie de divã, braços abertos para qualquer torcida: "um cavalheiro", diziam os homens; "ele combina educação com um pedaço do mau caminho", acentuavam várias mulheres; "um tio legal", reverenciavam os jovens. Ninguém saía de sua sala de baixo astral, ele conseguia apaziguar os ânimos, devolver a auto-estima, por isso era sempre reeleito. As consultas, assim eram chamadas as visitas, iam de uma simples justificativa para a falta de pagamento da taxa do condomínio até os pedidos de conselhos para salvar um casamento. Quem se irritava com esses expedientes era o vizinho do 12, um crítico de literatura, cujo lar fora transformado em biblioteca. Este prezava o silêncio, mais que isso, aspirava à paz absoluta.

– Que o chato não me apareça com suas reclamações a respeito do barulho – o síndico entre papéis.

Ao lado, o crítico ouvia música clássica e preparava ensaios, perdido em suas questões, adiando ao máximo respostas às inúmeras cartas de sua ex-mulher, ainda intactas, amontoadas num canto da escrivaninha. À empregada, depois do jantar, ordenou que saísse ou se trancasse em seu quarto, não queria aborrecimentos, o ensaio era urgente:

"É preciso acentuar que Macunaíma não só constitui um arquétipo do povo brasileiro – com embasamento na realidade e na tradição literária –, mas também encerra uma grande contradição: numa via, a salvação para a miséria e a opressão expressa no jogo de cintura com que muitos sobrevivem com tal leveza, que a luta contra a crueldade da vida é encarada com naturalidade, uma espécie de fado que Deus ajuda suportar, beneplácito de nossa herança cristã fomentada pelo catolicismo. Na contramão, a fatal perdição exposta no modo com que os problemas são procrastinados, como se eles não fossem determinados por uma realidade cega, excludente, que exige respostas e soluções imediatas".

– O senhor vai querer um chá pra mais tarde? – a empregada invadindo o espaço.

– Já lhe pedi que não me interrompa! Vá dormir e não apareça até eu chamar! – respondeu com azedume, respirando fundo para voltar à digressão suspensa:

"Não, certamente não ultrapassamos a condição de colonos, ainda vivemos na periferia do capitalismo. O país se deleita com investimentos externos, pasma com os avanços tecnocientíficos do primeiro mundo, embriaga-se de produtos importados, alinha-se à nova ordem, rejubila-se com a globalização – utopias que se casam com o atraso de nossas elites –, mas não se descobre em suas entranhas, farta-se e enfastia-se da pobreza de armas e drogas nas mãos. A grande viagem por se fazer: das capitais ao interior, do centro às favelas, trajetos em que as personagens se desnudem na primeira pessoa, pois o narrador de nossa história, com raríssimas exceções, ainda é estrangeiro. O Brasil profundo não foi descoberto ou é um mito criado para apaziguar a consciência da elite esclarecida, que transita como naturalidade do universo da essência ao da aparência, para compor sua ética e suas bases partidárias, dando à luz um segundo Macunaíma, se preciso for. Nas duas formas, distorções perversas!"

Entregue a essas considerações, por algumas horas, o ensaísta se fechou em seu mundo, tão hermético que não ouviu a insistente campainha.

– Deve estar dormindo, depois eu faço um resumo da reunião.

No momento em que o síndico se preparava para descer

as escadas, ouviu-se um alarido de bate-boca beirando à histeria. Eram as moradoras do segundo andar, responsáveis diretas pela cefaléia crônica a dinamitar o cérebro do crítico: duas mulheres divorciadas, filhos criados e dispersos na grande São Paulo. O que as unia era o ódio na expressão mais óbvia: uma era o espelho da outra. Ambas arrogantes, narizes empinados, fálicas. A do 21, uma morena mineira, alta, pele sedosa, voz rouca, porte ereto, pequena empresária bem-sucedida: confeccionava uniformes. Numa das inúmeras viagens ao exterior, fora abandonada pelo marido em pleno coração de Manhattan. Não o matou segundo o seu desejo, enrijou-se como se tomasse, em doses homeopáticas, uma colher de gesso antes de cada refeição. Bebia uísque caubói, fumava dois maços de Marlboro vermelho por dia, vestia-se de cinza com variações em tom marrom. Uma fortaleza, capaz de expulsar o filho, porque engravidara a filha da empregada, que seguiu o mesmo roteiro. "Eu não suporto traições!" – era o seu bordão predileto. Substituiu, com extrema facilidade, a ausência masculina por questões políticas. Emancipada de ideologias, defendia a superioridade feminina como se usasse cartola e bengala, acessórios que combinavam com seu tom de voz: todos tremiam sob o império de suas ordens.

– Você se esquece de que tem uma vagina, coronel de chumbo! – a sua vizinha lhe jogara na cara, numa das intermináveis contendas.

O seu desafeto morava no 22, uma argentina, demasiado alegre para o seu gosto, meio riponga, igualmente forte, com dose excessiva de teimosia. O que tinha de safadeza não era proporcional a sua altura, quase anã, como a outra a chamava. Assim que despachara de sua cama o marido, um gaúcho empedernido, caíra na vida, dera-se o direito de escolher gregas e troianas. Com os cabelos sempre molhados de gel – eram curtos e ralos, cor de cenoura –, óculos escuros, boca encarnada, uniforme jeans, andava de bar em bar pela Vila até o oitavo uísque ou a décima cerveja. Com tempo seco ou molhado, a saideira acontecia no Farol. Quando regressava das clínicas de desintoxicação, bebia leite com Campari. Seus dois filhos também foram expulsos, pelo simples motivo de que queriam ar. O pai os recolhera. A ruiva, como era conhecida no sacro e no mundano, vivia de artesanato e era chegada a um baseado a que chamava de "ananias". Sua maior qualidade, o seu maior defeito, segundo a morena, era ser sincera, tomando a si mesma como único ponto de referência. O seu mundo era perfeito: quem nele não se encaixava era apagado.

– Eu não desperdiço o meu tempo, tenho pressa! – respondia à mineira, num ritmo vertiginoso. – De sutilezas e detalhes, desse papo de problemas sociais, cuide você, que tem tempo pra discussões filosóficas. Eu quero viver, nem que seja no abismo, mas viver do meu jeito! Não preciso da sua companhia. Vá comandar o seu exército!

Esse era um dos alfinetes diários com que ela espetava o ego de sua vizinha, de roldão enviava também a ironia ferina.

– Ironia, meu bem, é produto de inteligência e cultura, você é desprovida de ambas – devolvia a morena. – O seu carrossel parece uma jamanta, passa tranqüilo sobre quem está em seu caminho, derramando o fel desse seu fígado podre.

Seus filhos e o seu marido foram as primeiras vítimas. Se você pensa que faço parte dessa lista, está muito enganada. Por cima de mim, jamais! Escolha os cordeiros entre os maconheiros de sua turma. Volte pro lixo, que é o seu lugar!

– Enfie as lições de moral no seu cu, porque no meu enfio coisas mais agradáveis – palavrões constituíam a forma exata de que a ruiva se valia para dar por encerrada as batalhas diárias.

Ninguém poderia estranhá-las. Evidentemente, elas não deixavam dúvidas: o ódio claro, explícito e impresso na bola de tênis, pois, quando se conheceram, já traziam a raquete nas mãos. Hoje, porém, o motivo da briga era aparentemente banal:

– Seus gatos pestilentos invadiram meu apartamento, quebraram um vaso de cristal – a mineira fuzilou.

– E a merda de seus cachorrinhos dondocas que não param de latir, parece que estão em cio eterno – devolveu num tom mais elevado a argentina.

De tom em tom, chegaram às clássicas referências às mães de ambas, aos bichas dos filhos, aos tarados dos maridos, aos raios que as partam, às putas que eram. Os tapas não vieram, porque o síndico educadamente as chamou para a reunião.

– Eu não divido espaço com esse coronel de chumbo, não sou soldado raso!

– Muito menos eu, com essa cachaceira fumada!

O celular do estupefato espectador abafou o grito da ruiva, antes que ele chegasse à boca com a fúria conhecida: era o rapaz do 51 que passava mal, estava em crise, pedia socorro o seu vizinho.

– Num segundo estou aí – respondeu. Voltando-se às duas: – A reunião de hoje é muito importante, não faltem, a presença de vocês é indispensável.

Acompanhou-as aos respectivos apartamentos e subiu. Palavrões em ressonância enchiam o fosso do elevador, era possível ouvi-los até no quinto andar, onde ele desceu prestativo, rindo do conflito insolúvel.

A porta de número ímpar estava apenas encostada, o síndico entrou, com a naturalidade costumeira. No sofá, um homem mirrado, por volta dos trinta, o olhar perdido no vazio; a seu lado, um menino de dez anos em desespero, amparado pelo vizinho.

– Quando eu cheguei do colégio, ele já estava assim, não fala com ninguém, não sai deste lugar – era o filho, lágrimas precipitando-se.

– Vamos ligar para o psiquiatra dele – disse o síndico na tentativa de ser prático.

Entre agendas e papéis, à cata do número, o síndico lembrava que numa de suas últimas visitas, o frágil homem lhe revelara o estado de depressão que o consumia: fora abandonado pela mulher, ganhara a guarda do filho, vivia para ele, ingeria remédios fortíssimos, mas não se adaptava ao novo arranjo. Não nasceu para ser solteiro, pois era um homem à moda antiga, educado para se casar, ter uma profissão e perpetuar-se em incontáveis gerações: probo no cumprimento do dever! Na ânsia de realizar a saga, precipitara-se, ficara com a primeira disponível. Num descuido, o filho. Sucederam-se a união oficial, a chegada do bebê, excesso de cuidados, noites em claro e as inevitáveis desavenças – gênios conflitantes, idiossincrasias exacerbadas, agressões verbais e físicas, a perdição consumada. Marido e mulher triturados na máquina de moer individualidades que é o casamento.

– O nenê está molhado e você lendo revista; o horário do almoço já passou e você ligando pra mamãe pedindo receitas pra fritar uns bifinhos – acusava o marido. – Você tem empregada, deixe isso para ela.

– Eu me sinto insegura, quero aprender, não estava preparada para o casamento, muito menos para ser mãe – respondia a mulher, de cabeça baixa.

– Nem transar a gente tem conseguido, você fica louca com o choro do bebê. Com ironia: – Ele tem babá, não te contaram ainda?

– Você também quer fazer tudo na pressa, não me espera, tem hora marcada até pra gozar, preciso de tempo...

– Eu estou perdendo a paciência, você não sabe administrar a casa, as empregadas não te obedecem, o menino à solta no pátio brincando sei lá com quem, ontem ele caiu e se machucou, hoje eu não sei onde estão minhas cuecas – metralhava o marido. – Quando você vai crescer?

– Como você quer, nunca! Você é perfeito demais, até parece um manual de boas maneiras! – desesperava-se a jovem esposa. – Eu não agüento tanta regra, não sou robô!

– Você vai ver o que é regra: daqui pra frente, só sai com minha autorização, acabou cartão de crédito, conta conjunta. Chega de regalias, você não sabe reconhecer o que eu faço!

Sentia-se desrespeitado: quanto mais se impunha, menos ela se curvava. Nunca procurou entender as dificuldades de sua mulher, reconheceria mais tarde, o que queria era ser o chefe que comanda sem problemas, por isso reforçava seu autoritarismo para criar novos códigos. Tentativas infrutíferas, pois ela se desviava, preparando a fuga final, o que aconteceu, nem bem o garoto completara o quarto ano de vida. Malsucedido em sua missão, não se perdoava, muito menos a ela. Mulher é difícil de entender. Para completar a desdita, o dedo em riste do velho pai reforçando-lhe a incompetência: um fracote!

Com a saída da esposa, o vácuo acentuou-se, perdera o seu duplo, a quem culpava de suas próprias falhas. Restou-lhe o espelho e a sua imagem; nesta, todas as imperfeições. Era, enfim, humano, mas não sabia conviver com o seu limite. Voltou-se integralmente para o filho, que, aprisionado na própria infância, não devolveria o que pai nunca lhe dera.

– Uma ambulância está a caminho.

– Vá cuidar de sua reunião, eu fico com o garoto – responsabilizou-se o vizinho.

Ao se encaminhar para a área de entrada, o síndico refletia sobre a tessitura dos dramas. A vida é uma soma de opostos que não se anulam, mas se amontoam, adaptam-se ou se chocam, sem previsão alguma nem solução desejável.

Com o dedo comprimindo o botão do elevador, voltou-se com um sorriso de profunda compreensão para o homem que fazia companhia à criança apavorada. Ironicamente, o episódio em curso tocaria uma das mais profundas angústias desse vizinho, outro quarentão em plena forma, olhos e sorriso confiantes, vasta cabeleira negra com alguns fios brancos a lhe conferirem maturidade, denunciando dissabores que enfrentara, aleatoriamente distribuídos pela vida: perdera a mulher para o próprio irmão.

– Querido, hoje eu não volto cedo, vou dar uma esticada, as amigas da faculdade vão fazer um *happy-hour* só pra mulheres, tudo bem?

– Mano, vou numa despedida de solteiro, festa de cuecas, sabe como é, você despacha estes pedidos?

– Amor, consegui marcar uma hora com a esteticista, ela vai me encaixar depois das oito, sem problemas?

– Preciso sair mais cedo pra visitar um cliente especial lá na Granja Viana, bons negócios, vou defender os interesses da família, segura essa, maninho!

– A Silvinha, aquela amiga de Curitiba, está desesperada, o marido a abandonou. Vou dar uma força, você não se importa se eu sair na sexta, não é, meu bem? Quero prolongar o fim de semana, ando tão cansada!

– Vou ser padrinho de casamento em Curitiba, amigo da faculdade, um saco de obrigação, mas não posso fugir, tenho que faltar na sexta; você quebra esse galho, amigão?

A amplitude da entrega aos únicos seres a quem amava: sim! As desculpas coincidentes e a voracidade do desejo tornam os amantes inconseqüentes e, como bêbados, deixam pistas no hálito, no tropeço, no olhar de soslaio, no roçar de dedos ao se apanhar uma comezinha xícara de café – *delirium tremens!*

Do *happy-hour* à despedida de solteiro, do esteticista ao casamento em Curitiba, do insuspeitado ao flagrante: o impacto da queda acentuado pelo desespero e o desejo de sangue, a alma no lodo, a longa viagem ao fundo do nada, incontáveis dias em desconcerto. Vivência e tempo necessário à maturação da dor, à recomposição do molde interno, enfim, o retorno. Reabilitado, abriu as portas para o acaso e se sentiu vivo, reencontrou o primeiro amor da adolescência, corrigiu a prumada, casou-se, teve dois filhos. Teceu uma nova história para se livrar do fel da traição – que corrói e tem sede de vingança –, ultrapassar os limites do próprio ego, perdoar aos traidores, mar sereno em que pôde navegar por muito tempo. Se há vincos em seu rosto, eles se devem à preocupação com o primeiro filho, que não aceitou a vinda do irmão, trancafiou-se, expulsou o mundo de seu convívio.

– Você fica em meu apartamento até seu pai voltar, eu não vou te abandonar. Vamos, dê um sorriso, garotão, seu pai vai melhorar, você vai ver! Pode contar comigo, estou aqui, não fique desesperado – o quarentão acariciava a criança assustada com saudade do seu menino tão perto e tão ausente.

O elevador parou, quando se aproximava do primeiro andar: mais um blecaute em São Paulo. Neste exato momento, chegava o morador do 81 com sua namorada. Ao ouvir os berros do síndico, que sofria de claustrofobia, o jovem subiu as escadas de serviço para retirá-lo. Com alguma paciência e a ajuda do zelador, conseguiu o feito. Não fosse o escuro, ver-se-ia a lividez no rosto do homem em pânico:

– Muito obrigado, elevador é a minha metáfora de morte e, olhem, eu não tenho medo do escuro – disse brincalhão enquanto se refazia. – Não esqueçam que temos um encontro ainda hoje, assim que tudo voltar ao normal.

Como já haviam subido dois lances da escadaria, os namorados resolveram fazer o resto a pé, ninguém sabia a que horas findaria o blecaute. O rosto contraído ocultava o desespero de que ele era tomado. No escuro, ela não percebia. O rapaz, um jovem administrador de empresa, moreno, corpo atlético; a moça, uma estudante de psicologia, também morena, olhos verdes de uma tal inocência que, não fosse o curso que freqüentava e os inúmeros obstáculos que vencera, passaria por uma adolescente. Lentamente, em silêncio, subiam. Ele não podia falar, o peso de sua consciência era maior que o esforço físico, queria poupar sua companheira, mas não via saída. A enganá-la preferia a verdade, talvez pudesse libertar-se, encarar a nova vida, sem veias e nervos presos a uma história que não era a sua.

– Você anda esquisito, se esquece dos compromissos, tem chegado tarde ao trabalho – observações freqüentes que ela fazia nos últimos tempos. – Nem tem aparecido na faculdade pra me fazer surpresa. Tem bebido quase todos os dias, parece uma chaminé de tanto que fuma. O que está acontecendo?

– Excesso de trabalho, cansaço, não sei se é isso mesmo que eu quero, ser administrador de empresa não me satisfaz mais. Às vezes, eu acho que escolhi errado, não deveria ter saído do Rio. Sei lá, muita confusão, ando meio desanimado! – eram justificativas que ele repetia.

Naquele momento, o peso já tomava conta dos seus pés, dificultando a subida, previa que os dias seguintes o levariam a terras desconhecidas, possíveis precipícios, contudo não podia voltar nem queria: descobrira o prazer embutido no medo. Desejava que aquela escada pulasse o oitavo andar, fosse além, desse num deserto ou num mar profundo, qualquer lugar onde pudesse viver sem consciência, tinha escrúpulos e pavor, pois, embora desejasse liberar o seu segredo, não sabia como enfrentar o verdadeiro encontro. A jovem, ávida por um banho e o corpo quente do namorado, não via o tempo passar.

Chegaram ofegantes e ouviram o choro da vizinha. O rapaz pensou em chamá-la, perguntar se tudo ia bem, mas a moça dissuadiu-o. Com discrição, ele abriu a porta de seu apartamento, entraram na ponta dos pés, à caça de velas. Na parca iluminação, o ambiente se tornou propício tanto ao romance quanto à tragédia. Ela se dirigia ao banheiro, com um convite malicioso nos lábios, quando ele lhe pediu um tempo:

– Vamos tomar um uísque, relaxar, o dia foi maçante, a subida me cansou – ele preparava o terreno. – Senta aqui, eu vou pegar gelo, você quer?

– Duas pedras.

Outras pedras viriam a caminho. À luz de velas, não houve um jantar, só silêncio interrompido, vez ou outra, pelo tilintar das pedras nos copos, baforadas, respiração ofegante, alguns ruídos ocasionais intercalados com o choro persistente que ultrapassava as paredes. Ao fim de duas doses e muita fumaça, ele revelou que se sentia inseguro, queria dar um tempo, ficar por pena não fazia sentido, ela não merecia, era sincera, tinha um futuro brilhante pela frente, certamente arrumaria um homem melhor, tantas eram as suas qualidades, o problema não era ela, por isso não a responsabilizava, era ele com sua imaturidade, pedia que o desculpasse, a intenção não era feri-la, faria qualquer coisa para minimizar o impacto da notícia...

– Isso é clássico, não me venha com essa de que está sendo sincero comigo, que não quer me magoar. Diga a verdade, você arrumou outra.

– Outro!

Antes que a voz com o gênero definido pudesse chegar ao território do orgulho e da vaidade, ouviu-se um grito lancinante seguido de um baque seco no chão: a vizinha em desatino. Rápida substituição dos protagonistas antes que as cortinas tampassem por completo a boca de cena. A jovem namorada continuou sentada nos bastidores, a fala truncada, o desespero suspenso no vazio de panos negros. Ele trocou de cenário, saiu pelas coxias, voando feito um louco, uma vela trêmula, já na área de entrada. Esmurrou a porta do apartamento contíguo, que se abriu ao primeiro soco. Na penumbra, vislumbrou um corpo largado no tapete, avançou sobre ele, tomou-lhe o pulso, a vida insistia, ouvido na boca, um gemido de dor a preencher a sala, animal ferido debatendo-se. Com esforço, levou-a ao sofá, pegou o telefone e chamou o síndico. O jovem rapaz dispôs-se a esperar com a cabeça da vizinha no colo e duas tramas no peito: a sua e a da mulher que socorria. Dois nós de que ele participava, mas não sabia como desatá-los.

Eram confidentes, a vizinha considerava-o um filho, um

irmão mais novo: roupa suja se lava em conjunto quando as mãos que a esfregam são amigas, o sabão não fere a pele, o tecido é revigorado.

– Vou lhe contar um segredo: eu acho que o meu marido tem ciúme da nossa amizade, ele fica ironizando a nossa conversa, chega a marcar no relógio o tempo que passamos juntos.

– Tu gosta disso, não é, sua safada? Sabe que ele é derretido por ti, um grude.

– Mas você é meu amigo. Tem coisas que a mulher não conta para o marido. Amiga mulher é competitiva, amigo homem quer comer a gente. Eu acho que toda mulher tinha que ter um amigo de alma feminina, gay ou não.

– Então desabafe com o teu cabeleireiro.

– Não é a mesma coisa, amigo é muito mais que um profissional que nos serve. Você me põe pra cima, alisa meu ego, eu não preciso explicar nada, você me entende só de olhar. Amigo é mais que marido também, você sabia, carioca desnaturado?

– Sim. Mas a gente não trepa.

– Isso é secundário, sexo faz parte da infra-estrutura do amor, não da amizade.

– Por favor, não me use, eu tenho namorada.

– Que já vai dançar, garotão! Como vai o novo romance?

– Isso é segredo de estado, ainda não posso falar.

Assim fora desde que se conheceram, liga imediata, o marido ainda morava com ela. O jovem viera do Rio, acabara de comprar o apartamento, sentia falta da praia e de tudo que lá deixara. O casal abrira as portas, fazendo a ponte entre o estranhamento e a pluralidade dos afetos. Desse convívio, o carioca pudera desfrutar as irradiações que a cumplicidade cria, pois sobejam faíscas de corpos no afago. Nacos do fruto devorado eram distribuídos à farta, de que o visitante se beneficiava, como as pilastras gregas de sustentação: o sacrifício do peso é compensado pela beleza e a harmonia do conjunto. Com eles, contaminara-se de felicidade, aprendera a decifrar as alegorias, descobrindo por baixo da rede de palavras, nervos de tecidos em evolução, a palpitação da vida. Com ela, especificamente, identificara-se, não precisava esforçar-se, o viés feminino é mais complacente.

O tempo e o descuido foram desgastando a relação do casal, ela não percebia que a paixão exige ritual, o corpo em oferenda, a renovação diária dos segredos, desprezando o pão amanhecido, a roupa de ontem, o verso repetido, a vinheta de telenovela, as flores murchas. A paixão é ávida e cruel, queima até mesmo o instante em que ela se faz presente. A segurança que o cônjuge lhe dava criara a estabilidade e com ela, a preguiça. O amor e a paixão não suportam a avareza. Durante anos, o marido lhe fornecera pistas, cutucando-a sutil e explicitamente. Insistira com a paciência de quem acredita no talento dos jogadores. Ela planava no ar como grande dama, que saca perdulariamente com cheques altíssimos o que sabe estar depositado. Um dia, esgotado o fundo, ele disse adeus, transferindo as malas para outro porto, os braços de uma amiga em comum. Desse episódio até a queda ao chão, ela ainda não se dera conta, mas o jovem amigo, conhecendo-a muito bem, pressentia que, mesmo restabelecida, a sua vizinha não perderia o cetro nem a pose. Indubitavelmente, o blecaute era o responsável por tamanha loucura!

– Que noite, meu Deus! – o síndico a fazer mais um telefonema e a aguardar outra ambulância.

O jovem retornou ao seu apartamento, a namorada estática sobre o sofá, os olhos verdes brilhantes, sem o traço da inocência, grudados no teto. Silenciosas lágrimas eram o único movimento na cena muda. Acariciou-a, pediu-lhe perdão. Serviu-se de mais uma dose.

– Vou levá-la para casa, amanhã a gente retoma o papo.

Ela consentiu, não havia motivo para ficar. Embora o compreendesse, o seu orgulho de mulher fora ferido, a opção dele negava a sexualidade dela, pelo menos naquele momento, pois deixava de ser o objeto de desejo do homem que amava e por quem ainda estava febrilmente apaixonada. Fosse uma mulher a incendiar o corpo do amado, ela se tornaria fera: unhas, dentes e útero acionados. Não suportava pensar que os canais do afeto e do tesão de seu suposto namorado irrigariam outros campos a que ela não teria acesso. Naquele momento, compreender distanciava-se de aceitar. Na linha de frente do ataque, a inteligência e o caos; este a conduzia ao limbo.

Na lenta descida, a escuridão convocou a dúvida, o jovem carioca passava por Cila e Caribde. E se fizera a escolha errada? Despedia-se de um mundo que conhecia, atrevia-se a partir para outro cujas regras não dominava. Que linguagem usaria com seus pares para se referir à pessoa amada? Como apresentá-la aos pais, assumir publicamente o seu corpo e a sua identidade? Seria capaz de viver plenamente um amor, sem dizer o nome do amante? A vida se estancaria nele, como numa árvore sem frutos? Tremeu, apoiou-se na namorada. Ela se entregava à noite profunda, à cor sombria da dissipação. Abraçou-a, como se pedisse socorro, mas a salvação não estava nela, pois o seu corpo de homem não podia mais oferecer-lhe o calor da volúpia, que, ao simples toque, incendeia o outro. Se já não tinha esse fogo, queimava-se no inferno da indecisão.

Na garagem, encontraram os moradores do 42, que retornavam de uma festa: ele, geralmente comedido, ria um riso movido a álcool; ela, de uma efervescência natural, amparava-o estimulando a brincadeira; o filho com cara de enfado.

– Oba! A reunião foi pra cucuia! – brincou o marido alcoolizado, risadas entrecortadas por soluços.

Do jovem casal, só o rapaz sorriu, a moça abaixou a cabeça e entrou no carro, o choro em profusão contrastava com o ambiente alegre da garagem:

– Diga, querida, o que a gente vai fazer, subir no escuro ou voltar pra festa?

– Você já está pedalando de tão bêbado!

– Então, acho melhor dormir na picape, vamos variar, aproveitar o breu da noite pra fazer uma surubinha nota dez, como a gente fazia no drive-in, enquanto sua mãe pensava que você estava na faculdade, lembra? – mais faíscas do pai para provocar o humor do filho. – Você nasceu dessas aulas, meu lindo garotão!

– Vocês ficam, eu subo, estão muito ridículos pro meu gosto! – o destempero adolescente tentando impor-se.

O carro com o par de namorados avançou rampa afora, para ser tragado pela imensa boca escura. Os recém-chegados resolveram subir, andando, engatinhando, gargalhadas entre sussurros, cócegas na barriga do filho, beijocas com sabor de cerveja e mordidinhas no pescoço da mulher. Um encontro lúdico e o desprazer na retaguarda, firme em seu posto de observação.

Mal abriram a porta do apartamento, o adolescente foi dormir, dividir com o inconsciente o seu azedume. A mulher dirigiu-se ao piano para se encontrar com Chopin, a escuridão pedia "Opus 69", uma valsa acompanhando os devaneios, queria reter ao máximo o espírito de festa que ainda a possuía. Um pouco de tristeza, disfarçada pelo ritmo, caía bem. Tivesse um par, certamente dançaria à exaustão, fôlego e desejo intactos, uma bacante em frenesi. O seu marido voou para o banheiro, o dedo na garganta e a razão de tanta felicidade descarga abaixo, contrações e o corpo devolvendo matéria impura. Precisava voltar ao normal, à posição em que sempre esteve, de onde não queria sair, o medo o detinha abaixo de qualquer plano em que sua mulher se encontrasse.

– Está na hora de melhorar o humor, você sai de casa para o escritório, do escritório para os encontros com clientes, de lá para os bares, da farra para a nossa cama, sempre com a mesma cara! – reclamava constantemente a pianista. – O que está te pegando? Eu, o casamento, o nosso filho, a sua profissão? Você só consegue sorrir com três doses de uísque. Olhando nos olhos, intimou: – Topa fazer uma terapia de casal?

– Não é necessário, querida, eu vou mudar, prometo! – nem a desculpa variava. – É que hoje o dia foi estafante, a burrice da secretária transbordou, o trânsito enlouqueceu, o calor do inferno, serviço que não acaba mais. Nada que uma folga não resolva.

– Até nas férias você não abandona o jornal, a agenda, o celular e essa cara de buldogue!

– Não preciso de terapia, eu sei o que se passa comigo.

– Você vive no território do não, admita pelo menos a possibilidade do sim – voltava ao piano com a esperança de que talvez ele mudasse.

Uma ducha gelada o resgatou. Ela viajava com Chopin, variava para terminar sempre com a mesma música. Refeito, ele se refugiou no escritório, o riso cedeu lugar ao choro: sentia-se covarde, incapaz de conviver com a alegria e a superioridade da esposa, criava a máscara da comédia com um riso forçado, mas chorava às ocultas, ainda precisava da muleta que ela condenava: as pílulas e o álcool, pois tinha a sensação de que ela o traía, não podia ser fiel a um homem tão fraco. Reconhecia que era de natureza cinzenta, culpava o pai por ser filho único, a mãe pela educação que lhe dera. Inventara o ciúme para se sentir forte, sua mulher era infensa a esse sentimento; simulara indiferença para disfarçar sua insegurança, também não surtiu efeito. Na sala, ela queria esgotar-se, ser uma extensão da melodia. Ele, num acesso de insensatez, voltou ao banheiro, a salvação nos comprimidos, um na dose exata, dois talvez, o frasco inteiro. Antes do desatino, levantou a cabeça e se viu no espelho: tinha um filho para criar.

Fechou as mãos, depois os olhos, contraiu o corpo, com um murro estilhaçou-o, no exato momento em que as notas finais da valsa abafaram o ruído.

A música tinha efeitos terapêuticos: na penumbra, ainda ao piano, relaxada, expulsava de seu corpo qualquer indício de lascívia. Ele iria dormir no banheiro até que ela sentisse sua falta.

Ao se dirigir para o quarto, passos leves de um corpo descontraído, ouviu batidas na porta, eram os vizinhos do 41, dois jovens estudantes da Pinheiros, nascidos em berços de ouro na cidade de Itapetininga, interior de São Paulo. O moreninho era o atual proprietário, presente dos avós para o neto, futuro médico.

– A senhora pode emprestar uns ovos? Faz tempo que a empregada não aparece, a gente não teve tempo de fazer supermercado, a luz apagou, ficou difícil.

– Vocês querem jantar? Num minuto eu esquento a comida.

– Não, dona, a gente não quer dar trabalho, uma omelete quebra o galho, isso a gente sabe fazer.

Antes de se retirarem, o loirinho, mais atrevido, cabelos de anjo barroco em constante desacerto, olhinhos fechados de timidez assanhada, boca esperta como o fio da navalha, arriscou com um sorriso sedutor:

– Era a senhora que estava tocando piano, não é? – sem esperar a resposta, adiantou-se: – Eu fico ouvindo todo fim de tarde, largado no sofá, pensando em quem será que toca tão bem. Me amarro em música, quero dizer, nesse tipo de música. Legal! Sou seu fã, viu?!

Ela sorriu agradecida. Educada e lentamente, fechou a porta, a insinuação tomou conta de seu corpo, dificultando os passos que a levariam ao banheiro. Desistiu, foi ao terraço contaminar-se de Lua, que, feiticeira na imensidão negra, regia os desejos, com amoralidade própria dos deuses. Sentou-se, nem teve tempo de acender um cigarro, dormiu em segundos.

Os rapazes, com os ovos e o tempo que quisessem nas mãos, entregavam-se, no meio de sombras, a jogos verbais, com que tanto o sangue exposto quanto o gozo fruído ganham a dimensão de realidade. Quando se é jovem, basta falar e a vida se realiza – a palavra instaura, antecipa o acontecimento, é deflagradora de maldições ou bem-aventuranças, um não antes da experiência é suficiente para que o caldo entorne. O mundo, porém, não se extingue nesse limite, é possível aventurar-se com outra e atirar um novo dardo, pois sobram dias incontáveis para o ensaio. Quando se envelhece, fala-se para viver o vivido – a palavra é redenção, dotada de verdade ou fingimento, recupera o acontecido não mais na instância do vivido, mas alterado, para que o sujeito possa suportar a saudade do que viveu e, sobretudo, do que não viveu. Mas a vida, a vida mesma, continua ali, nos ovos, num estranho presente eterno, que, paradoxalmente, está nas mãos e longe delas.

Uma só vela não iluminava o suficiente para dar a dimensão da extrema bagunça que, na ausência da empregada, tomara conta do espaço: panelas sobre o fogão e a pia, pratos e talheres por todos os lados, roupa suja em distribuição assimétrica, lixo em excesso, revistas pornográficas e livros espalhados em comum acordo. Um cheiro desagradável de tênis na alegre e descontraída atmosfera.

– Com essa coroa eu arrisco – o loirinho ajeitou o saco antes de estalar os ovos. – É um tesão! Você viu as mãos e os pezinhos? Ai, como eu queria ser aquele piano!

– Pô, meu, isso é incesto, ela tem idade pra ser sua mãe. Além do mais, é casada, não se esqueça disso, entendeu? – rebateu o moreninho, com disfarçado mal-estar.

– Eu não tenho ciúme. Cara, eu me amarro em coroas, fique sabendo! Claro que não enjeito mulher de nenhuma idade, mas que culpa eu tenho se sou mais um edipiano? Só acho graça em mulheres mais velhas: o Édipo de Itapetininga raptou a mulher que poderia ser sua mãe! – rindo do ar de surpresa instalado no rosto de seu amigo.

– Não brinca com coisa séria, você tem a menininha que quiser, basta fazer um sinal.

– Ah, cara, o tesão é diferente. Você não conhece a coroa que eu deixei lá em Itapetininga, não é a mesma coisa, as meninas aqui são frescas. Papo pra lá, papo pra cá, barzinho, boate, passeio no shopping e na hora... Nada! E quando ficam, nem dá pra comparar. Só cu doce. Pô, meu pau é diabético! Minha mão tem açúcar demais, dá choque anafilático, entro em coma. É hard, meu. Tô fora, cara. Fui! – o riso persistia no puro descompromisso.

– Não exagera, meu!

– E por falar em menininha, tá chovendo na sua praia e você nem aí, só pensa em estudo. Qual é a tua, hein? É chegado numa bronha? A mãozinha gasta, meu! Não vejo você sair com ninguém. Vai acabar ficando broxa, te cuida, malandro! Por que você não dá um tranco naquela baixinha do quinto ano? Tem corpo no jeitinho e vive grudada no teu pé...

– Corta essa! Você pensa que todo mundo sai dando e comendo. Não é assim não, caralho, essa menina tem problemas, sou amigo, dou uma força.

– Amigo também tem fome. Vamos fazer a papinha?

No comando da conversa e da omelete, o loirinho ria sem disfarçar a malícia. O moreninho enveredou por um atalho, abrindo duas latas de cerveja, trazendo à tona uma variedade de assuntos: muitas aulas, saudade dos pais e da vida mansa do interior, lá a gente conhecia todo mundo, aqui é uma correria, não dá tempo pra estudar, é um porre a aula de Fisiologia, matéria que não acaba mais, o dia inteiro trancado cansa, no cursinho era mais divertido, não dá tempo de pegar um cinema, a semana voa... Com jeitinho caipira, pegou da palavra e não a soltou até que o outro, cansado, foi dormir, não antes de devorar mais da metade dos ovos mexidos.

– Desta vez estou salvo! Será que ele desconfia?

Com tantos segredos acumulados, o moreninho sentou-se no terraço, acendeu um cigarro, a terceira latinha na mão. De olhos fechados, reviu as cenas que mudaram a sua vida: saía do prédio quando o morador do 81 lhe oferecera uma carona. Pela primeira vez, um homem despertava a sua atenção. Calou-se durante o trajeto com medo de se trair, sem saber que a primeira vez não era privilégio seu. Daí em diante, com casualidade proposital, de cabeça baixa, passava pelo portão no mesmo horário em que o administrador de empresa saía da garagem. A carona virou hábito e o gelo foi-se quebrando, derretendo a ponta do iceberg, só o casco submerso do navio poderia ser tocado e foi: o primeiro beijo desajeitado no escuro daquela rua sem saída. São Paulo, como todos os holofotes acesos, aos pés. Ainda com o sabor quente nos lábios, abriu os olhos, a claridade quase o cegou, levantou-se da cadeira em sobressalto, parecia que o mundo tomara conhecimento de sua verdade. Não dava para esconder. Tudo estava claro demais, a trilha que seguiria, o nome proibido já gravado definitivamente. Aturdido, entrou sem perceber que o blecaute findara, o mundo lá fora continuava escuro, tal era a intensidade da revelação. Até o choque fatal, sua vida seria um bólide, iluminando a distância, cegando na proximidade: luz e treva, código que teria que aprender para transitar com desenvoltura entre a norma e o gueto.

Num banco do jardim, indiferentes ao fim do blecaute e distantes dos acontecimentos que urdiram inesperadas tramas naquela noite, três empregadas domésticas exercitavam a terapia do ombro amigo, antes de voltarem aos respectivos apartamentos em que trabalhavam.

– Você é boba, não faça isso. Largar o emprego só porque o patrão recebe muitas visitas é burrice, o síndico é um cara legal, gente fina mesmo! – era a falsa loirinha, grávida de três meses, tentando fazer a cabeça da morena, uma quarentona em cujo rosto marcas profundas denunciavam mágoas acumuladas. – Queria que você estivesse no meu lugar, minha patroa é uma fera, ninguém pode com a vida dela, botou os filhos pra correr e o marido também. Virgem, como ela gosta de uma cachaça! Tem dia que eu não venço limpar tanta vomitada. É no banheiro, é na sala, é na cozinha. Quando é no tapete, tenho vontade de matar. A gente limpa e mesmo assim fica fedendo. Dá um ódio!

– Que ele é bom, eu sei, mas tem cada mulher que vem fazer visita e pensa que é dona da casa: fulana me dá um café, me serve uma água, me ajuda com essas malas, e deixa tudo bagunçado! Você sabe como é mulher quando quer um homem, fica ciscando, se oferecendo, comidinha agora, suquinho no fim da tarde, um peixinho pra noite, porque não engorda. E a besta da empregada aqui preparando. Peruas! Não tenho paciência pra limpar tanta sujeira. Eu trabalhei, então a casa tem que ficar limpa, comigo é assim. Se ele fosse sozinho mesmo, eu não ia embora. Do que você está rindo? – dirigia-se à terceira empregada, uma baiana gorda, bonachona, com jeito de mãe do mundo.

– A gente nunca tá contente com o que a gente tem – interveio a baiana. – Você reclama que tem muita gente desarranjando o seu serviço, e eu, que tenho que conversar com os livro, uma analfabeta burra. Nunca vi ninguém na casa do meu patrão, ele fica enterrado, com a cabeça nas linha feito um tamanduá. Isso sim que é solidão. Eu, que me amarro num pagode, tenho que ouvir aquelas música esquisita que parece que leva a gente pro céu. Vixe, dá até arrepio! Além do mais, sou obrigada a pisar de mansinho, gorda desse tamanho, já viu que sacrifício?!

– Ô amiga, pense mais um pouco, não toma nenhuma decisão, você não vai arranjar emprego igual a esse, você ganha bem – insistia a grávida. – Deixa o homem com suas negas, a gente não tem nada a ver com a vida que o patrão leva. Faz seu serviço, ele que se vire, a vida é dele.

– Não é fácil assim, elas me olham como se eu fosse uma simples empregada, dando risadinha o tempo todo, parece um bando de biscates. Não agüento mulher oferecida. Ele me paga para ser empregada dele, só dele, não tenho obrigação de aturar mulher assanhada. Já tenho problemas demais com o meu marido, essa mulherada me atrasa. Hoje, por exemplo, elas empacaram o meu serviço de propósito, parece praga! Elas adivinham que eu durmo aqui quando tem reunião do condomínio. Aí, as gostosonas deitam e rolam, não têm pressa pra ir embora. Nos outros dias, não pensem que é diferente, é a mesma coisa, continuo saindo tarde, por isso não tenho tempo pra fazer companhia pro meu homem, muita roupa suja pra lavar, vocês sabem como é criança, comida pra fazer, faxina na casa toda, quando consigo terminar tudo, tá na hora de dormir, tô morta, por isso que ele não pára em casa, sei lá o que fica fazendo, nem com quem anda.

– Tem dia que eu rezo para aparecer uma alma viva, passa ano, entra ano e nada – retomou a conversa a baiana. – Tem semana que ele nem sai. Se eu não tenho dó, ele nem come, fica entertido naqueles livro. Acho que é por isso que a mulher foi embora. Nem filho o homem tem. Será que é doença? Minha mãe falava que estudar muito deixa a gente desparafusado que nem louco. Quando ele fica parado na minha frente, olhando sem me ver, dá um medo, escondo tudo quanto é faca, saio arisca pro meu quarto e me tranco com benzedura.

– Você tem sorte, ainda tem um marido – a loirinha rindo da baiana. Voltando-se à morena: – O meu me deixou prenhe e se mandou, tô grávida e sem homem e, ainda por cima, minha patroa disse que, quando o nenê nascer, eu tenho que arranjar um lugar pra ficar, criança ela não quer em casa. Você já pensou que eu vou ter que me virar sozinha com um filho no colo? Morar onde, minha Nossa Senhora?

– Pra tudo Deus dá um jeito, a gente tem que ter fé! Sorte tem você que pode engravidar, eu não, sou seca – voltava ao drama a morena quarentona. – Até adotei uma criança, mas pra ele, eu sei que não é a mesma coisa, o defeito é meu, então a culpa é minha, tenho que carregar a cruz. Homem quer ter filho mesmo, dele, é orgulho de macho, não adianta adotar, sempre vai ficar faltando alguma coisa e, pra complicar, tem uma mulherada solta por aí, capaz até de pegar cria! Olhem bem pra minha situação!

– Isso é besteira, eu tive cinco filho, morreu tudo quando ainda era criança, lá no sertão da Bahia. Pobre bota filho no mundo e a fome mata. Por isso que eu falo, mãe é aquela que cria. Agora, nega, homem que quer pular a cerca, pula mesmo, nem pensa se é pai ou se não é. Quando o diabo tem fogo nas vergonhas, não tem mulher nem filho que segure, acendeu, ele tem que apagar, não importa com quem, vai se aliviar em qualquer buraco. Depois de uma pausa, retomou: – Você quer trocar de emprego? Eu fico com o síndico e você vai morrer de tanta solidão no meio dos livro que nem moça solteira virgem.

Como as duas não conseguiam demover a morena de seu

intento, resolveram se despedir no momento em que chegava a quarta empregada, radiante na saia curta, blusa decotada, batom em excesso a iluminar o riso debochado, uma pernambucana turbinada:

– Já vão dormir? É cedo!

– Onde você andava? Não aparece aqui faz um tempão – perguntou a loirinha.

– Fui me abastecer, os meninos não ligam, eles se viram, depois eu boto a casa em ordem num dia. Também eu fico olhando carne fresca e não posso comer. O loirinho disse que gosta de coroa, o moreninho parece um santo, só falta fazer milagre. Tem vez que, só pra tentar, eu visto saia curta sem calcinha, e ele nem olha pra minha bunda. É virgem ou é doente. Acho que ele devia ser padre, médico é mais safado.

– Safada é você, deixa disso, colega! – riu a baiana. – Um dia você vai encontrar um peixeira do tamanho que merece!

– Ah, essa eu já tenho, por isso que eu dou minhas escapadas, o diabo é que ele é casado, tenho que ficar brechando, esperando a hora de botar uma gaia na esposa – caiu na gargalhada.

A morena cortou a risada, alegando dor de cabeça, tinha que subir, tomar comprimido e decidir o que faria da vida. As outras, ainda rindo da safadeza da pernambucana, concordaram, era tarde: – Amanhã o serviço não espera.

Sem saber que, no dia seguinte, receberia o pedido de demissão de sua empregada, o síndico deu por encerrada a noite, não convocaria outra reunião, escreveria uma carta comunicando o seu afastamento, deixaria à assembléia a eleição de outro. Sentia-se cansado, queria viajar, reatar os laços que deixara no Canadá – uma antiga paixão reacesa a lhe dar sinal verde –, tomar conta de si, exercitar a prática do não, aprender a reagir, ser menos cordato, fechar definitivamente o consultório que era a sua sala, aliviar os ombros, soltar as feras. Ansiava pelo silêncio e pela escuridão, o blecaute abriu-lhe os olhos, era possível viver no escuro sem ser cego. Convicto de sua decisão, banhou-se para dormir um sono profundo à procura de um rio com trutas em Quebec. Passaporte ele tinha para essa travessia.

O relógio do prédio dobrava a meia-noite.

Estranhamente ninguém saiu depois do blecaute, nem a ruiva argentina, que fazia as pazes como a morena mineira. A morrerem na escuridão preferiram a companhia do espelho. Como chegaram à ultima escala do ódio, o passo seguinte só poderia ser a empatia, depois a ternura, finalmente a atração entre pedidos de desculpas e boas doses de vodca. A força era tanta que resolveram somá-la:

– Os homens que se cuidem! – juraram de pés juntos.

– Você promete nunca mais me chamar de cachaceira fumada? – inquiriu a argentina enquanto jogava o elmo no sofá.

– Prometo, se você enterrar definitivamente o coronel de chumbo – retrucou a mineira ao depositar o sabre no tapete.

– Xingar a mãe pode! – as duas em uníssono.

– Saúde!

Sorveram num só gole o conteúdo e, do chão, onde se encontravam, cantaram em tom de deboche: *laisse-moi devenir l'ombre de ton ombre, l'ombre de ta main, l'ombre de ton chien.*

Dormiram de mãos dadas sobre os estilhaços de espelho. Gatos e cachorros atentos.

O moreninho do interior, aproveitando o sono do amigo, subiu ao apartamento do jovem administrador de empresa para saber do ocorrido. Encontrou-o prostrado no chão do terraço, a garrafa de uísque quase vazia, o cinzeiro lotado. Algumas velas marcavam com sombra as silhuetas projetadas na parede, tímidas e desencontradas. Fitaram-se em silêncio por tempo indefinido, o medo exposto na grande área em que se aninham o desejo e o perigo: linha divisória a ser ultrapassada. O corpo pedia, os olhos imploravam, a alma desejava paz e, no pequeno espaço que os separava, o mundo e suas leis.

– Você está a fim de falar? – atreveu-se o visitante.

– Não sei! A noite foi barra pesada. Tudo está confuso.

– Eu vou embora, não quero ser mais um problema, eu...

– Tu não é o problema. Eu é que não consigo ser feliz quando alguém sofre por mim – lembrava-se de sua namorada. – Também não sei se fui precipitado. Estou perdido, dividido entre ela e tu. Dá pra entender?

– Não, eu ainda não vivi isso.

– Amanhã, vou procurá-la, talvez ela...

– Então eu tenho que ir embora, não vou forçar a barra.

– Acho melhor. Depois a gente se fala.

O moreninho se afastou, fechando a porta atrás de si e o peito da camisa. Tudo o que tinha a oferecer permanecia nele, retido, lago sem vazão. Conseguiu, ainda que contrariando o ritmo de sua juventude, esconder a intensidade do desejo bloqueado, mas as lágrimas denunciavam o preço de seu esforço. À luz das últimas velas, o administrador de empresa chorava, não conseguia dar o segundo passo, ainda não sabia com quem iria construir a sua arquitetura: as tão sonhadas pilastras gregas.

O loirinho acordou e, do terraço, avistou a vizinha que dormia descomposta. Impetuosamente invadiu a área proibida e se atreveu. No momento seguinte, não tiveram tempo de temer os solavancos que sobreviriam, já consumidos pelas labaredas. Entregaram-se com languidez e anseio até os estertores, no chão mesmo, sob a luz da Lua. Ofegantes, pediam-se com gula de esfaimados. Naquela noite, o fim do longo corredor, que beira as duas realidades, não seria alcançado: poço pequeno não dá conta de tanta sede reprimida, talvez o mar se não fosse tão salgado, ainda assim beberiam também se preciso fosse.

– Como eu posso te encarar amanhã? Fingir que nada aconteceu? Meu Deus, que loucura, eu não devia ter permitido!

– É só não me olhar – respondeu o jovem, ignorando os limites da interdição.

– Não posso. Eu tenho marido e filho. Eles vão descobrir no meu rosto, você não percebe?

– Tolinha, não vão descobrir, só nós dois sabemos, eu não vou contar e você também. Sem problemas, isso é nosso.

– E se eu me prender a você, o que faço?

– Eu te solto, assim você volta pra mim.

– Você está completamente louco! Esquece, não houve nada entre a gente. Eu estava desesperada, meio bêbada. Vai embora! Amanhã, isso passa.

– Não passa não, eu quero mais! Por que você complica? Vamos continuar assim, você toca a valsa de hoje, e eu sei que a gente pode se encontrar. Eu despisto o meu amigo e você vai pro meu apartamento. Pronto, a gente tem uma senha e um segredo, você fica com uma chave e eu com a outra.

– Você pirou de vez. Não sou capaz de levar uma vida dupla.

– Vai, diga que você não gostou, diga?

Em prantos, ela se atirou em seus braços e tudo recomeçou – a matilha caçando a raposa. La dentro, o filho da pianista rolava na cama, balbuciando alguma coisa incompreensível, e o seu marido dormia profundamente, integrado ao ambiente frio e cinza do banheiro.

A empregada morena, em seu quarto, arrumava seus pertences numa maleta: acanhado acúmulo de bens na companhia da frustração que a ultrapassava. Ela jamais saberia que o síndico via, por trás da máscara sisuda que ela sempre ostentara, uma criança indefesa a pedir que lhe dessem a mão.

– Pode ser loucura, mas eu vou cuidar do meu marido. Vou aproveitar que ele está desempregado e começar a fazer salgadinho em casa pra poder viver. Ele vai ter que me ajudar, quero ver se tem tempo pra sair!

Cansada e perdida em seus projetos, dormiu com a cabeça apoiada na pequena mala, protegendo o seu tesouro.

A falsa loira, em vão, tentava dormir, o sono não vinha, rezas não faltavam. As risadas no apartamento ao lado tumultuavam o seu cérebro numa quizumba danada que nem pai-de-santo destrinchava. Em seu universo de referências, não havia espaço para um novo registro, nada se encaixava.

– Essa dona endoidou de vez, pinga demais acaba com o cérebro! Onde já se viu uma intimidade dessas com a sua pior inimiga? Depois eu é que sou louca de ficar grávida sem um marido! Artista tem juízo mole. O mundo tá de ponta cabeça, desenredou tudo!

Mais desenredado estava no quarto da baiana, que tentava acomodar sua gordura na cama estreita. Ao fim de muita luta, pegou o terço e, antes de iniciar suas preces, esticou a perna batendo-a com força na porta para ter certeza de que estava bem trancada. Fez o sinal-da-cruz e começou a rezar, por seus filhos mortos, seus parentes distantes e até por seu marido, que andava meio esquecido, perdido no inferno para onde fora recomendado em cada castigo que ele a ela infligira.

– Protege meu patrão também, Senhor, que ele é boa pessoa! Afaste o homem daquele mundaréu de livro e, se não for pedir demais, ajeite uma mulher pra ele! Amém!

A pernambucana, aproveitando a ausência de seus mimados patrões, apanhou as revistas pornográficas e pôs-se a folheá-las. Ao cabo de dez cenas, estava excitada, esfregando-se no sofá com uma camisa usada do moreninho, com a qual dormiria, embriagando-se de suor.

– Já que sonho não custa nada, deixa eu ficar com o melhor: delícia de garoto!

A Blanche Dubois da Vila refestelava-se com doces e pipoca na sala da contraditória, num carteado sem fim, recorrendo às lágrimas, quando a outra se esquecia de sua dor com a desculpa de preparar um novo cafezinho – pequenas chantagens para manter vivo o jogo.

– Vê se não blefa, eu sou uma mulher fraca, não posso perder no jogo também!

– Que nada! Você já está de luto mesmo, chore à vontade, tem muita vela pro seu defunto!

– Não faz piada da minha dor, é duro perder um marido aos pés do altar. É, o poeta tem razão: "fica sempre um pouco de tudo, às vezes um botão, às vezes um rato". Dessa vez, ficou um rato.

– Sem problemas, você tem um gato...

– Piada de novo?!

– Ser abandonada no altar tem suas vantagens, pelo menos você saiu abençoada. Ponto final, agora você pode procurar outro. Mas antes, vê se cria vergonha na cara e vai visitar seu filho, você tem tudo pra ser amiga da mulher dele.

– Por que você se faz de durona comigo e me agüenta sempre?

– Como você vive repetindo: "Há mais mistério entre o céu e a terra do que sonha a nossa vã filosofia" – retrucou com um sorriso. Depositando as cartas na mesa: – Ganhei!

– Mostra o jogo!

– Você não pagou pra ver, bonitona da Vila!

As duas caíram na gargalhada, contemplando-se largamente. Haviam suportado o tédio da existência. Pelo menos, naquele apartamento, os demônios estavam sob controle. Não foram dormir, pareciam alambique de cafeína a se fartar do orvalho que a noite espargia sobre o cafezal.

O crítico acordou, ainda sobre a escrivaninha, a cara amarrotada pelos papéis, viu as cartas que o braço durante o sono jogara ao chão, apanhou-as, lembrou-se de que acabara a tinta da caneta, rasgou-as para que tudo continuasse no rascunho.

– Acho que vou dar férias à empregada. Preciso terminar este trabalho. Ela é muito invasiva, interrompe sempre na hora errada – pensou decidido.

Antes que a solidão o dominasse, acompanhado por uma ária de Bach, voltou-se a sua questão principal: a identidade do homem brasileiro.

O quarentão moreno dormia sentado no sofá com a cabeça de duas crianças no colo: o segundo filho e o menino do vizinho.

– Vem, pode pular, a água está uma delícia, papai segura. Não tenha medo, eu não vou te soltar. Isso, garotão, que belo salto! Viu como foi fácil? Vamos ver quem chega primeiro do outro lado? Não, não se afaste do papai, não vá por aí, espere, papai está chegando, não, aí tem correnteza, me espere. Pelo amor de Deus, não se desvie, não faça isso! – acordou ao berros, suado.

Correu para o quarto das crianças e não encontrou o filho mais velho. Despertou a esposa, não conseguia falar, o pesadelo o perseguia, o desespero expulsava a razão, dominando-o. Quando finalmente regressou à sala, depois de percorrer enlouquecido o apartamento todo, viu-o postado num canto, protegido pelas cortinas, vigiando as duas crianças que dormiam, indiferente à dor dos pais, ocluso. Abraçou-o engolindo as lágrimas. Nada tinha a dizer.

Restabelecida, a mulher abandonada regressou ao prédio. Na letargia em que se encontrava, nem pensou em tomar banho, escovar os dentes, vestir um pijama. Queria dormir para varrer da memória o que vivera.

– E se eu fosse uma lesma sob o capacho, alguém me recriminaria, sabendo que sou uma coitada? Se eu entendesse o que ele me dizia, ainda desfrutaria o seu amor e o seu corpo? Se eu lhe pedisse perdão de joelhos, ele voltaria tesudo como sempre foi? Se lhe explicasse que não foi descaso, mas excesso de exuberância, ele me suportaria? – antes que o sono a possuísse, emendou: – Bobagem, amanhã eu boto aquele turbante da Carmem Miranda e vou viver a minha história. Convoco a torcida gay, nada melhor do que uma platéia inflamada; de troco, convido meu amigo carioca e vamos nós pra Paulista – um desfile faz bem pro ego!

O dia nascia com explosão de raios, quando o homem franzino voltou aflito à procura do filho. Ao passar pelo corredor de entrada, viu um corpo caído perto de um vaso, no jardim de inverno: era o moreninho. Meio dopado, nada registrou, continuou tateando como se ainda perdurasse o blecaute.

cidadelas invadidas

Faz tempo que Sérgio partiu e ainda não me dei conta da lacuna, cratera se abrindo, fosso fundo, sem medida nem tamanho, buraco de dor escavado. Os dias vêm mornos, carentes de novidade, bocas caladas. Os dias virão com suas múltiplas possibilidades e lá estarei eu preenchendo as horas, as linhas, escrevendo o texto da vida que tenho que viver. Criar, viver o que a dor ensina com o peso de uma carraspana de pai. Ossos do ofício: silenciosamente desenhar bolinhas sobre a toalha desta mesa, explícitas aqui, ocultas ali sob o copo e a cerveja. Na verdade, não as crio, percorro o seu limite, adivinho, para fechar um círculo, estranha mania de chegar a um fim. A linha busca um personagem que, colado às minhas máscaras, delas se desprende no exato momento de concepção.

Ele foge, eu sei, mas as bolinhas sobre a toalha referendam

o meu papel, delimitam o meu espaço: o mundo de círculos contido em pequenos anéis. Penso que escrever é também expor segredos, abrindo bolinha por bolinha, derramando sobre a mesa a barrigada do que estava contido, adensado, compactado como é a vida, como eu era quando jovem: matéria densa, ar comprimido, poço fundo e silencioso das paixões que mãe e pai não sabem, não querem, não permitem. Como menino, odiava expor segredos, nem que fosse na forma de milagres numa sexta-feira prazerosa. Contá-los às bolinhas, isso sim eu sabia. Abri-las, engravidá-las, deixá-las suspensas em meu quarto, esconder a chave, a linha, o cadeado. Tudo isso eu aprendi cedo demais, para poder criar um mundo fantástico em que fosse possível viver sem se assustar com a própria existência, sem o estranhamento com que os seres convivem. Mas Sérgio se foi, é o que me contam agora esses corpos esféricos, exigindo que eu liberte de suas entranhas a matéria viva em desenvolvimento. O tempo não antecipa nem posterga, impõe-se.

Na branco da toalha, as bolinhas começam a desenhar um menino adulto – adultério que cometemos com a desculpa de sermos nós mesmos: "*Eu me vejo assim*", "*Eu me quero assim*". Entroniza-se o ego, dão-se receitas ao mundo. E os traços brotam, iluminam a face, e lá estou eu em seu rosto, travestido de criança, uma espécie de não morrer nunca, que a morte não tem linguagem, não é. Fala-se "eu" – vive-se. É nessa bolinha que Sérgio existe.

Mas não sou eu tampouco Sérgio esse menino que teimo em pintar, distante dos jovens que éramos: muita sede, orgulho pelas estradas, os seus poemas e a minha prosa levantando pó, indiferentes às barreiras, a taça do campeão, sem lágrimas do perdedor. Sérgio, o meu dedo acusador; eu, o seu espelho torto. Dele, eu queria a disciplina; ele buscava em mim o caos exposto, a chaga aberta, não que a vida ferira apenas a mim. A sua dor era contida, pacificada, a minha me extravasava. Todos os cacos que só a amizade suporta. E tudo o que eu quis ser e suponho que Sérgio também quisesse eu não desenho nesse menino que se nega ao traço, tem medo de milagres, esquiva-se da alegria na pincelada que contorna sua boca. Talvez seja roubado a outros o sorriso fortuito, não a mim nem a Sérgio e, quando desisto do pincel e me ponho em palavras, fecho círculos nas bolinhas, buscando a cor de um menino perdido na tela de meus olhos encantados.

As bolinhas se abrem e manchas distorcidas assumem as profundezas. Do território inefável, as sensações buscam palavras: eu me confesso a todos os olhos, num novo traço, aceitando a cor, a forma. Eu crio pontes para que as cidadelas sejam invadidas. Eu convido a humanidade a abrir comigo as bolinhas que se espalham pela mesa: em uma delas a vida de Sérgio que me escapa; noutra, o meu menino-personagem que foge ao traço; na terceira, uma figura sempre ausente. As três se misturam, embaralham as formas, confundem o meu canto. Qual a distância entre a projeção e o traço configurado? Entre o que sou e a figura ausente? Entre mim e Sérgio expostos ambos no menino? Entre o presente desta narrativa e a soma dos dias vividos? A sua morte é um fantasma se projetando sobre mim neste personagem que tento criar: a gestação da bolinha dilatando o limite do círculo. Não há como esconder a barriga, as cidadelas foram invadidas. Desiste, a palavra é inútil, como o silêncio que emoldura a tela, e tudo o que se diz são traços sem forma nem cor. A vida não é literatura. Nas entrelinhas, o sorriso torto é mais expressivo do que em minha boca.

Provável este menino seja eu tentando buscar um amigo que não tive no cárcere da infância, nos corredores escuros da adolescência. A ausência do essencial transferida a Sérgio, uma muleta, um ombro: "*Eu não posso, tu podes!*" O carrinho roubado, as peladas nos terrenos baldios, joelhos arranhados, socos, pontapés, braço na tipóia, campeonatos de punhetas no fundo do quintal – jogos coletivos, exercícios de caráter, promessas de futuro desenhando os homens que seríamos, definição, o encontro do eu no outro, o perdão a todas as culpas, a cumplicidade nas mentiras, o delírio da liberdade, o êxtase. Cheiro de infância e um rascunho – a difícil tarefa de construir um eu.

Sérgio também não tivera o seu território de rua, não brincara de bandido nem salvara a mocinha. Da vida seu testemunho eram os livros, os poetas. Teria sido morto pelos poemas que leu e escreveu? Mesmo nas noites frias de São Paulo, nos corredores estéreis da faculdade, não eram somente os fantasmas da repressão que sobressaíam, era a sua sisudez de figura fora do contexto, o certo das incertezas, era o jovem de berço, da disciplina de ouro, das paixões por serestas, Noel Rosa, Bandeira, curtas asas infinitas de Cecília, a sua expressão, uma bolinha que eu não decifrava. E eu que era solto, soltando e saltando bolinhas, desatando nós, vivia à margem de seu silêncio, sem ouvir o que queria dizer. Todos os sons entranhados em seus poemas.

Percebo que já carrego o de dentro da bolinha, a gestação dilatou o limite imposto por ela e o que vem de fora, longe desse bar, preenche a narrativa que se alonga. Vozes estranhas dispensam a esta trama a atenção que engrossa o enredo, emoldura a criança por se fazer além dos rabiscos. E eu ainda procuro na história de Sérgio o ponto, o nó, o segredo que ele levou.

As bolinhas se abriram para que Sérgio entrasse neste círculo, participasse desta mesa. Enquanto me desato em palavras, ofereço-lhe um copo de cerveja, um cigarro para se defender, e lhe falo de nossa história, das corredeiras, cachoeiras, quedas, da palavra indefesa, da música etérea, da busca incesssante. Ele me conta a trajetória de mundos silenciosos dos avós, mimetizados nos seus. Herança, remorsos, crença. O seu fardo, o seu fado. E nesses corredores trancafiados eu disciplinava a minha verborragia, enchentes, vertigens. A sua vida não estava arrumada como eu sempre procurei organizar o mundo das bolinhas, mas ele cabia nela. E, agora, com sua partida, lá se foi o meu contraponto: as minhas palavras produzem ecos insuportáveis, não se aninham mais em seu silêncio, onde se aquietavam para que, voltando a mim, eu as tivesse como realmente minhas, sem ruídos, livres do estrondo, da cólera, do impulso desordenado, porque eu só crio o desconexo, instauro a desordem, tiros a esmo – a minha verdade barulhenta, a minha perdição.

Sem que nos déssemos conta, as bolinhas se ampliaram, dilataram-se, cresceram sobre a mesa, deslizaram até o chão... Já não posso escancarar a boca de Sérgio, encher-lhe os pulmões de ar, extrair-lhe a voz terna, pois nesse último silêncio ele fala mais do que todos os aplausos, todas as vaias, todos os náufragos, todos os soldados em campo de batalha. Pedra estancando a boca do vulcão – arte domando a besta.

As bolinhas tomaram o bar, a rua, a cidade. Alma alada, pés rasteiros. Inútil pedir socorro. Onde o paradeiro delas? Como andarei amanhã, solto entre o pão e as horas, preso num hiato? Devo correr feito alazão atrás de novas bolinhas que me escavem? E lá se vai Sérgio – em passos de marcha-rancho, com a doçura das avós antigas, solenes e sábias, sorriso pródigo, a quietude, os livros sob o braço, a paz que eu procurara nas avalanches da vida, atravessando as avenidas, silenciando São Paulo – encontrar-se com o único barulho que o completava: a boca escancarada da amada, o seu ponto de referência. Sábio em sua oclusão, vai preparar com ela a chegada dos filhos, o ninho. Ainda o vejo assim, entregue aos poemas e à vida revestida pelo choro das crianças e o abraço da mulher, com sua voz de pássaro tímido libertando-se enquanto canta.

A última bolinha não me explica por que o coração de Sérgio o traiu, como se o vazio fosse absoluto e dispensasse a escrita com que se pode denunciá-lo, mas intuo que ele foi levado pela própria essência: o silêncio que cerca os grandes gritos.

A cerveja acabou, faz frio neste maio paulistano. O relógio na parede começa a fazer sentido. Eu me conheço monstro sem um último cigarro. Esforço, delírio, pessoas indistintas. Distintos senhores. Senhoras! O bar se fecha, o detergente começa a destruir bolinhas de outras toalhas, os fregueses partiram.

Alheio a tudo, do outro lado da mesa, Sérgio sorri, como uma criança grave demais num adulto ingênuo, desligado das circunstâncias.

Na tela, em tom pastel, o menino surge inteiro. Consigo distingui-lo dos meus traços. Lavo os pincéis no tempo. Uma bolinha perpetuou-se em mosaico de diamantes, reverberações, entranhas, vales secretos. Labirintos à procura de outras formas. Do chão, um par de muletas informa que me dispensa. Tu, Sérgio, que sabes, rejeitas o personagem desta história, para seres o amigo que atravessa as pontes e conquista cidadelas. Daqui, vislumbro o teu vulto na linha do horizonte, confiante, emoldurado por um círculo que não pintei: o sol.

os intransitivos

o que dizer é um segredo do mundo
fica escondido por trás dos segundos
não é por viver menos
nem por viver mais
que a gente o perde e volta a encontrá-lo
é por um nada esquisito
que acontece de repente
um raio de sol
uma lâmina de sonho
que ora arrefece ora sobrevive
olhando nos cantos das portas
no fundo das gavetas
nos panos rasgados que outrora
eram vestes soberanas
e que agora se transformam
em fiapos de nuvens ciganas

EMÍLIA AMARAL, *Primeira matéria*

Eu vi. Não gostei do que vi e vivi o que não devia. Apavorei-me. Nem sei se este pavor advém deste hospital, do cheiro dos remédios, do barulho quase silencioso – insuportável! – de médicos e enfermeiros. Por que eu tinha de cair aos cinqüenta anos e rastejar para pedir socorro? Pede-se socorro, é humano, mas rastejar? Tenham dó, é humilhante! O olho colado ao chão, sem ver o que existe além dele, é linguagem direta demais! Meu livro sai na semana que vem e esta labirintite vilã! Aparência de jovem, saúde de ferro, um touro!, dizem os outros, no entanto eu caí e rastejei. Que nada, isso passa, você se recupera!

Mas eu senti a finitude da vida mexendo com o meu ego.

Como toda mãe, esparrama-se inteira agasalhando os pintinhos. Atávica, alarga-se na entrega, reeditando tias com suas valsas, pai ao violão, casa aberta aos ancestrais do canto, varanda povoada, saraus. A sua pista tem mão dupla, veredas implícitas, o calor do aconchego. Mãe da mãe, dos irmãos, dos amigos e dos amantes com a mesma facilidade com que transita entre a liberdade dos pássaros e a árdua tarefa dos escravos. O amor é a sua transcendência. A vida lhe deu a poesia, o circo e o riso, mas lhe tirou o corpo e a afastou da realidade.

Quando se faz terrena, ainda assim faz parte da melodia de um verso.

MULHERES fortes o desencorajavam – são fálicas, dizia. Preferia as menininhas em cujos corpos desferia os seus golpes, galopando feito alazão, a palavra na gaveta. Longe de ser sujeito do discurso, galopou o quanto pôde, abrindo veredas, perfurando rochas, sitiando cidades, hasteando bandeiras, amealhando territórios nos quais, insensível à função, deixava uma semente.

Hoje mora tranqüilo na confortável terceira pessoa.

Devorava as unhas e decifrava Shakespeare. Maços de cigarros entre papéis, cães e gatos entre as pernas, deslizava imperceptível sobre as plantas de seu quintal, uma rosa, um punhado de salsa para o almoço, livro preso pelos dedos, soletrando. Um desastre na cozinha! Também o amado nunca tivera estômago nem educara os filhos para isso. O tempo a consumia entre livros, cheiro dos bichos, vestidos de linho, camisas de seda, o tênue perfume: feminina no talhe, na intuição – uma só delicadeza! Nunca enviou as cartas desaforadas que escreveu, a sua graça de mulher a ensinara a suportar os desafetos.

Um dia traduziu "*To be or not to be*" e se perdeu em sua questão.

O PAI seria a matriz do marido que escolheria para ser o pai do filho que reeditaria o avô. A mãe, pelos cantos, lavando roupa, cozinhando tutu à mineira.

O cachimbo do pai, o cigarro do marido, a maconha do filho – oferendas, aceitação, pacto. E a velha senhora cerzindo roupas à meia-luz.

Quando a vida lhe pregou a peça maior, sobrou-lhe a mãe com as mãos inertes, calejadas de tanto rezar. A cada passo trombava com a matriarca no exíguo corredor, na estreita sala, na diminuta cozinha, na minguada alma, como num espelho inevitável: "Ela não me traduz".

A dor estendendo-se por tapetes e passadeiras na pequena área do apartamento vasculhado à procura de um lugar onde pudesse esconder a velha.

Já não havia gaveta vazia: o pai ocupara todos os espaços.

Seus filhos são ótimos, ao que ele invariavelmente retrucava: sinto-os inseguros, temo pelo futuro, não consigo entendê-los, são frouxos. Exegeta, citava Cícero e Sócrates, partejando máximas latinas e gregas, para afastar a idéia de que eles, se não vingassem, maculariam o seu legado de homem. Os meus filhos me escapam, dizia com medo de aventurar-se, fugindo ao nome daquilo que o mataria. De medo em medo foi construindo o seu abrigo e, ao admitir que eles também tinham uma mãe, mandou colocar cacos de vidro e cerca elétrica sobre o grande muro que levantara: protegido e salvo.

O mundo lá fora pertencia aos medíocres.

Sempre quis rifar o pai, um senhor austríaco, naquele tempo pra lá dos oitenta. Quem bancasse o primeiro lance levaria o velho, seus encargos e bens, nem era preciso tanto: uns trocados. Com as mulheres, o mesmo ritual: os amigos nada pouparam. Repetiu a receita com todos: patrões, colegas, vizinhos, empregados – e a vida, pródiga, não economizou.

Avulso no casarão, herança do patriarca, foi rifado pelos cachorros a preço de meio quilo de ração.

Ele sempre foi o oposto, com o dissimulado charme da contradição: o sorriso ambíguo, o olhar de soslaio, meios tons, ouvidos moucos. Bastava alguém dizer sim para ouvir um "não quero que você se afaste de mim". Gosto, ao que se ouvia um "não gosto que partam assim". Isso é bonito, não, "é feio não se entregar às pessoas".

Uma espécie de avesso: avaro, doava-se completo às mínimas exigências; pródigo, sonegava impiedoso um palito de fósforo. Carne sobejando na geladeira, cigarros ociosos no amarelo dos dedos, expectativas frustradas, cumplicidade acentuada.

A única vez em que disse sim ao sim foi para comunicar à mulher e aos filhos que os abandonaria, já com as malas no carro, passagem na mão.

Todos se agarraram à esperança de que ele estivesse blefando.

Os SEIOS caíram, sobreveio o silicone; a pele ressecou, cremes e bisturis na mesma proporção. A peruca com idêntica função. A cada perda voltava ao rancho, ao útero. A mãe, dividida entre a compreensão e a raiva, expelia-a assim que ela se aninhava. Tantas perdas, tantas viagens, até que a mãe quebrou o espelho para não ver a cara da avó entranhada na sua e, na dimensão da tragédia, rasgou o útero.

Deixou de herança um envelope com páginas em branco.

Quando quer companhia, canta minimalista feito João Gilberto, não fuma nem bebe, economiza conversa, trancafia as palavras, faz gargarejos com losna e coentro. À mulher só permite música caipira.

Solitário, encarna Antônio Maria e Dolores Duran. Os filhos que se danem com o seu rock'n'roll. No cio e na dor de corno, ressuscita Cauby Peixoto. A sogra e as empregadas que mudem de estação.

De vez em quando desafina, mas isso faz parte da vida de qualquer intérprete.

Abria todas as portas com a imensa juba, representando a personagem "*Alguém brilha mais que eu, Virgínia Woolf?*" Todos se rendiam ao seu encanto, escravos de sua sedução. Felina, habituou-se à caçada – já era uma extensão do laço, uma mordida, dentes rangendo. Leões, tigres e leopardos vieram e não passaram impunes por sua vida: deram-lhe o sangue e o luxo, acentuaram-lhe a lascívia, ensinaram-lhe o manuseio do açoite, deixaram-lhe três filhos. Abandonada nas savanas, peregrina nas estepes, agarrou-se ao orgulho de ser pantera, afeiçoando-se ao chicote e ao harém com que fez do amor um ritual de poder. Por fim, livrou-se de sua fraqueza de mulher, chantagens, menstruações.

Liberta do desalento, reina sozinha entre orquídeas e cipós.

Jamais sujou as mãos, indispôs-se com alguém; seu nome era temperança: agradava à esquerda e à direita. Sorriso mefistofélico disfarçado em melífluo, ventas peludas no tecido claro de seu rosto, vasos de sangue insinuantes sob a pele ressequida, olhos escorregadios quase ocultos pelas sobrancelhas em chumaço. Já não tinha cio, o cérebro extirpou-o. Nas tergiversações pacíficas valia-se de arquétipos, de máximas socráticas e aristotélicas, armas com que, elegantemente, derrubava os acirrados contendores. Ele era o máximo! Para relaxar e humilhar a verve do mais loquaz interlocutor, variava o jogo verbal com trocadilhos em inglês, idioma que dominava à perfeição desde que fizera doutoramento nos EUA e elegera o "*american way of life*" como seu "*modus vivendi*" – uma simples troca de significantes –, para transitar com desenvoltura entre os seus pares. Delimitava o seu terreno, não com o xixi de animal, mas com armadilhas lingüísticas, jogos de polissemia, prolegômenos epistemológicos. Quem o invadisse certamente morreria, não antes de assistir a uma missa na igreja Nossa Senhora das Graças, convite que fazia às suas vítimas, pois era católico de carteirinha e elas tinham direito à extrema-unção. Um homem probo, um verdadeiro cristão!

As horas passam implacavelmente. O frio se avizinha, uma massa quente na atmosfera paulistana dissipa-o, são os vaivéns da mãe natureza que se vinga dos ultrajes humanos. Na saída da Cidade Universitária, um bofe fareja a garota de programa. Sob o céu sem lua, ela o desdenha, sobe nas tamancas, sem vontade de exibir sua frescura. Hoje ela não entende nada, nem sabe por que está ali, quer se aninhar no umbigo da terra. Talvez uma cerveja gelada para trincar a garganta ou um chá quente que a lanhe por dentro. Na contramão da história, o bafo e o bote do bofe não admitem o tédio, forçam um sorriso, um amasso: a invasão da caverna.

Ela se atira sob as rodas de um ônibus cujo destino final seria o Hospital das Clínicas.

Acordava às seis da manhã cantando em desrespeito total ao mau humor das caras estremunhadas. Odiado pela vizinhança, só fazia o que queria, com tal leveza, que o edifício em seu concreto armado se intimidava e reagia aos solavancos. Burburinhos, rumores, explosões, estrondos, cataclismos – o mundo indignado. Alheio ao protocolo, deslizava ao piano como quem acaricia o corpo da mulher amada.

Um dia foi despejado.

Bastava sorrir, lá estavam os homens; cantar, uma multidão se formava. Para aninhar os sonhos dessa estrela, o marido mandou construir uma casa cheia de lustres, mármore, cristais, prataria. Até ilha-da-madeira – um capricho de sua deusa – ele mandou colocar sobre a mesa. Reservou ao piano o espaço nobre da sala. O instrumento virou trambolho, aparador de vasos. Os convivas, sempre coube a ela o direito de escolhê-los. No ócio, regulando o cio, a cantora citava Clarice e Adélia, cujos livros não lera – atitude infantil para contrariar os amigos que os indicaram. Como não queria entender os enigmas da vida nem sair de seu poço fundo, valia-se de um subterfúgio: não cantava quando um desejo era frustrado, vingava-se com o silêncio a cada suspeita de traição. Nada convencia a sósia de Greta Garbo. Mudança de ares, uma viagem, talvez a solução. Na Europa, ele a apresentou aos grandes músicos. Paris, Roma, Londres, Viena foram ignoradas: a sua insegurança transformava o esposo em súdito, literalmente aos seus pés, o ciúme corroendo o alicerce, sub-reptício. Embora ele quisesse o mundo para ampliar a extensão do abraço, ela voltou a Itapecerica da Serra, ao ninho dos pais, onde guarda num cofrinho o seu canto intacto, a palidez de um rosto, o mistério e o medo de ser mulher, além de alguns dólares, resto de viagens por lugares em que não se permitiu.

Ele era magro, de uma magreza substantiva, perigo de ser levado pelo vento, não fossem as adiposidades de seu cérebro. O bigode espesso derramado sobre os lábios sem contorno, as faces marcadas por sangue do tipo zero-nada, os olhos vermelhos de tanto postergar a vida que escolhera, a língua áspera e roxa de todos os venenos. Lia os textos de seus alunos como quem lima o ferro numa bigorna, a falta de sutileza era inversamente proporcional ao seu peso. Desgastado em seu terceiro casamento, respondia às mulheres no mesmo tom com que ordenava a Plug, seu pit bull, calar-se. Bastava um sorriso de batom encarnado, para ele desferir sobre elas a sanha de suas vísceras.

Martelou tanto as palavras que não sabia ler as entrelinhas da entrega, dos suspiros exalados à luz de velas, o canto dos anônimos, o silêncio dos perdedores – já se transformara em flor maligna, coração empedernido, passaporte para o cargo de Secretário da Intolerância Nacional, nestes tempos politicamente corretos.

Uma deslumbrante perua atravessava a avenida, no seu silêncio de morte, dez centímetros acima do solo, montada em seu saltinho prata, quando pisou uma barata. Um grito ensurdecedor se ouviu. Enganam-se os incautos, não foi a perua acima dos decibéis permitidos. Que nada: foi a barata!

Em seu último instante de vida, esta pôde abduzir-se, retornando à matriz das vidas passadas e reviu, atônita, que na última encadernação tinha sido uma cortesã francesa que torturava insetos. A vendeta estava cumprida. Mas o que mais a atormentava não era a morte em si: era ter sido, nesta vida, uma barata albina pisoteada de morte por uma perua de cor brasileira, em desconstrução.

FORAM quatro dias. Ela preencheu a casa de ruídos, subverteu as horas. Telefonemas em excesso, gargalhadas no corredor, pés quentes de bailarina espanhola sobre o frio do mármore, piadas no banheiro, cheiro de ervas do mato exalado da cozinha. Tocos de cigarro, jornais pelo chão, papos aquecendo a madrugada fria de São Paulo.

A sua ausência: um dedo em riste na solidão dos filhos.

Para que a mulher lhe adoçasse a vida, casou-se, não antes de comprar o apartamento e o carro. Sem jeito para a coisa, contratou motorista particular, um ambíguo secretário para as coisas ordinárias. Tinha pose. Mestre no jogo, doutor em simulacros, livre-docente da Universidade, fé cega no útero da esposa. Há de vingar! Fez-se homem: nascera o primeiro filho, uma saudável menina, sócia de seus negócios, mulher de fibra com cama aberta a outras mulheres. Esquecido esse detalhe, com ela, eliminou concorrentes e montou uma empreiteira. O segundo, um garoto espevitado, veio ao mundo com a específica função de amarfanhar-lhe o caráter: virou artista e usuário do seu cartão de crédito. Negligenciado esse pormenor, por ele entrou em concordata. O terceiro foi parido para destroná-lo: deu-lhe um pé na bunda.

Hoje, o impagável doutor faz análise freudiana – momentos supremos em que dialoga com a mãe.

Dispensava o elevador, tigre musculoso, subindo a pé quinze andares, todos os dias, todas as vezes em que, entre abdominais, flexões e alongamento, traía a mulher. Superando os limites, contrapunha sua inteligência à sensibilidade dela; a reconhecida força masculina à suposta fragilidade feminina:

– No mínimo, é burra, nem dó inspira! – sorria à socapa ao lhe apresentar as amantes, preferencialmente esposas de seus amigos. Regras de jogo controladas por um cérebro superior.

Como a inteligência não lhe permitia o blefe, jamais suspeitou que sua mulher trazia os amigos dele nas mangas, cartas meticulosamente embaralhadas, conforme as regras de uma família unida.

Calmo e sensato, um chefe de família. Gestos comedidos e nervos sob controle, ensinara-lhe a profissão de médico. Branco na roupa, nas atitudes. Assepsia moral em cada cômodo de seu ser: a norma. A vida não lhe era um ensaio, tudo fora passado a limpo, impresso e gravado em disquete. Mulher e filhos catalogados e arquivados, como a casa, os amigos, os pais, os clientes.

A mulher vive de Prozac; o filho, no embalo; a filha, na carona de uma moto. A sua secretária morreu de um mal súbito, diagnosticado como doença da alma.

– Pode entrar o próximo paciente!

Falava pelos cotovelos, não, o corpo todo era uma verborragia destemperada: crise de discurso, sem limites, com excessos. Os amantes e os filhos, obedientes cadeados, confundindo-se com objetos de arte, móveis, utensílios, pelos cantos da velha casa, caixa de ressonância. Foi católica de terço na mão, comunista de carteirinha, feminista de coçar o saco, zen-budista de levitação, anarquista de passeata, espírita de mesa branca e umbanda. Bandeira desfraldada, analisada, tarotizada, escola de samba invadindo a avenida.

Quando ficou afônica, tentou abrir os cadeados, mas só lhe restaram as insuportáveis vozes do silêncio.

A ESSA altura da vida, já não queria saber de conteúdos humanos: cinco operações, cinco filhos, duas mulheres, mãos trêmulas, fala claudicante em pausas intermitentes, o tom de voz cavernoso. O tempo passa, e ele sabe que é preciso economizar, dinheiro cresce e o cabelo cai, o pau também. Trocou a Educação por ações na Bolsa de Valores, assim que perdeu o primeiro filho para as drogas. Deserdou-o. Investiu em imóveis, quando o segundo se casou, pois sabia que dele nada podia esperar, embora tivesse garantido a sobrevivência da espécie: um neto. O terceiro, cara e têmpera da mãe, foi para um colégio interno de onde nunca saiu. Ao quarto, negou a paternidade por ser afeminado, choques elétricos foram as despesas extras do período. Vindo o quinto, uma bela pimpolha, amaldiçoou o vínculo familiar. Com zelo próprio da perversão, aninhou-a em seus braços até que, sem ar, ela adquiriu as formas do pai para ser uma dona-de-casa. Nesse dia, missão cumprida, ele dormiu tranqüilo depois de receber os áulicos para um carteado. Entre paparicos e bajulações, champanha, muito uísque, canapés, caviar, ele achou que a vida faz sentido.

Eram tantos sonhos enquanto lavava alface, temperava bifes, feijão apurando ao fogo baixo, arroz chegadinho na panela: *os olhos gordos do seu Manoel me despindo, as mãos do seu Ricardo apalpando os meus seios e o rapaz da farmácia, aquele de ombro largo, ai, que tentação, hoje ele me disse que estou como fruta, no ponto para ser chupada!*

– Mãe, tá pronta a comida?

Era bom que esses moleques crescessem com saúde e arrumassem uma mulher igualzinha a mim.

Casou-se virgem com o seu príncipe encantado. Do encanto nasceram três filhos, duas empregadas, o pai gordo no sofá da sala, a mãe no cabeleireiro, a sogra a reboque na cozinha, o cunhado masturbando-se no banheiro.

À medida que o príncipe se transformava em sapo e a carruagem em abóbora, ela encolhia feito planta murcha, poço seco, chama apagada.

Os filhos criaram asas, a primeira brisa os levou. Um SPA roubou-lhe o pai. Um secador de cabelos torrou-lhe a mãe. Ladrilhos e sabão atraiçoaram a sogra. Onã se incumbiu do cunhado. O marido pesca.

Como a vida não salva a mocinha nem livra o herói da fúria do bandido, ela criou o ciúme com que trancou portas e janelas que só se abrem ao toque das empregadas.

A MULHER o despira prometendo-lhe filhos que perpetuassem o caráter de ambos. Àquela noite sobrevieram quatro. O mais velho encheu-lhe a casa de rock, desbancando os cantos gregorianos; o próximo, uma espevitada morena, queimou-lhe os livros; o terceiro filho, um gordinho simpático, obrigou-o a puxar fumo; o quarto, bem, o quarto foi lobotomizado antes que reeditasse a saga.

A educação não forma o caráter é o best-seller da semana. Começa assim: "Do nosso conúbio nasceram quatro filhos..."

Viúvas, as três irmãs decidiram reunir o acampamento. Cada uma levou o que de mais precioso restara: a mais velha, um Santo Antônio; a do meio, uma Nossa Senhora das Graças; a caçula, um São Benedito. Desprenderam-se da vida material e fizeram um pacto de fidelidade: ninguém mentiria. Todas por uma; uma por todas.

Entre orações, idas à igreja, rezas em velórios, flores e terços no cemitério, novenas nas casas de luto, jantar com o padre às quartas-feiras. A vida transcorrendo nos conformes da fé.

– Vi sua filha mais velha em prosa comprida com o verdureiro da esquina, pareciam tão íntimos...

A do meio empertigou-se, pigarro na garganta, conferiu à filha o beneplácito do perdão: ela o confortava, pois o coitado perdeu a mulher em situação trágica.

– Ontem à noite, seu filho pedalou no chão de tão bêbado que estava, cheirava a gambá.

A mais velha aprumou-se na sua longa coluna ereta, a voz calou o ambiente: você precisa trocar os óculos, ele nem saiu de casa, recebeu visita da sogra.

– Por que você não nos contou que marcou um encontro com o seu cunhado?

A caçula avermelhou-se, os olhos em brasa, retirou o pranto da sala.

Nesta noite, cada uma em seu quarto, pediram perdão a Deus, não rezaram, o ódio as dominava.

O RAPAGÃO se sentia Deus, a ponto de enunciar o que outro precisa: pai, o senhor está velho, é necessário que se atualize; mãe, vista-se melhor, afinal a senhora terá um filho doutor em Humanidades antes dos trinta; querida, não sorria tanto, é vulgar ser feliz!

Com sua gordura – ele era gordo, não tão gordo, a barriga é que era o seu adjetivo –, ia abrindo caminho, colhendo louros e loas de sua precoce capacidade, rara inteligência, um verdadeiro dínamo, o perfeito profissional do século XXI! O mundo era insipiente para ele; os colegas de profissão, atores secundários; a família, o ego auxiliar.

Doente da alma, com desvãos no caráter, brilhou tanto que se queimou nas reverberações que produzia, sem saber que a vida é um tablado em que o erro é o verdadeiro mestre.

Tímido, só sabia presenteá-la com livros. Quando ousava, dava-lhe uma rosa ou a convidava para uma peça de teatro. Não conseguia tirar as mãos do bolso, a não ser para ajeitar os óculos que teimavam em cair, desmascará-lo. Nada rolava, tudo morria num beijo. Um dia, ao ajeitar as lentes, traiu-se: estava excitado. Ela esbofeteou-o e ainda hoje ribomba em seus ouvidos um grito esganiçado:

– Tarado!

Às SEIS horas da manhã, uma prostituta tomou a vassoura do gari e começou a varrer a rua, cantando um sambinha. O sol nascia em Copacabana. Era verão e o seu vestido curto expunha as coxas roliças cansadas de muito trabalho. Nem bem o samba havia calado em sua boca, apareceu um menino assustado. Desfez-se da vassoura, levou-o ao colo, aqueceu seu rosto frio, acariciou-lhe os cabelos. Chorava lágrimas de mãe, quando um mulato forte e emperiquitado, pulseira e corrente de ouro, berrou:

– Passe a grana, vadia! Bote essa criança no chão e vá trabalhar. Tu não tem filho, não me venha com embromação. Eu te conheço, pode parar, sem piti!

Ela obedeceu e ele desapareceu no nada. A razão de tanto esforço e errância nos bolsos do cafetão.

– Não me deixe, meu dengo, eu sou só tua. Amanhã eu trabalho mais, pego mais cedo, eu prometo!

Os olhos aflitos à procura de seu homem localizaram uma balança dentro da farmácia. Voou para ela. Montou-a:

– Desgraçada, subindo sempre, sempre...

Não pôde comparecer à formatura da filha, tempos modernos exigem uma nova mulher: a agenda lotada. Lá se vai o primeiro marido! Com o mesmo argumento, acrescentando-lhe uma circunstancial viagem de negócios à Europa, ausentou-se do casamento do filho. Na mesma esteira, o segundo marido, com a sogra emprestada, juros e correção monetária. Foram tantos os empréstimos que acabou devendo a suas amigas os futuros cônjuges.

Hoje, em sua imensa sala, no alto da Paulista, os pés no chão, comanda um exército de executivos com o mesmo tom com que pede café e lanche, abrindo vez em quando a bolsa de onde retira a feminilidade trancafiada: espelho e batom para um sorriso seco de mulher.

A SEGUNDA mulher não soubera que do primeiro casamento ele tinha dois filhos. A terceira desconhecia que ele era pai de quatro.

Um dia, passeando por um shopping acompanhado pelo quinto descendente, deparou com os estilhaços da família que fora pulverizando no tempo, unida pela ironia de um destino novelesco de cujo enredo o pai não fazia parte.

Dominava o russo, o alemão, o inglês, o francês, o espanhol. Cantava como rouxinol, formando legiões de fãs por onde exibisse sabedoria e voz. Fez da vida um palco onde não cabiam, nem como coadjuvantes, a mulher, os filhos e as amantes que viessem.

Ator e platéia, nunca se deu conta de que não sabia dizer "Eu te amo" em nenhum idioma.

Os PAIS a viam no altar; o marido, como uma esfinge; os irmãos, um pano de chão; os amigos, um estofado; os livros, um dicionário.

Mas ela, ela mesma, há muito quebrara o espelho.

Sábado. Fazia frio e anoitecia. Os sinos convocavam os fiéis. Às sete em ponto, a Igreja da Consolação estava lotada: a missa. Ainda sobrava tempo para a novela das oito. Rostos anônimos perambulavam pelo circuito da caça. Do Largo do Arouche à Major Sertório, as narinas abertas e os respectivos hormônios. Tempo de crise, inflação, é preciso economizar: o valor da carne já vem exposto no sorriso, numa abertura de pernas, no beliscão nas nádegas, mãos nas coxas. Michês, putas, bofes, proxenetas, bichas, garanhões, incontáveis armários embutidos. Vitrine completa, basta olhar a etiqueta e conferir o preço. Se há engano, troca-se a mercadoria.

Vestida de roxo com um boá rosa volteando o pescoço, ela se atreveu, entrou no bar e pediu um conhaque.

– Oba! Temos puta!

– A essa hora eu bebo por prazer. Depois das onze, quem bebe e paga é o cliente.

Traído por quem amava, agora uma vadia, decidiu rasgar as mulheres de sua vida, até a empregada despediu. Pediu a guarda da filha com acusação de adultério, falso testemunho de alguns amigos, o flagrante criado por outros. Demitiu-se do emprego para se ocupar da garota, uma saudável menina de dez anos.

O padeiro da esquina o perseguia, bastava olhar atentamente. A menina gostava do pãozinho das três, cortou-o. O açougueiro parecia querer matá-lo com a faca vermelha de sangue. A menina devorava alcatra bem passada, suspendeu-a por tempo indeterminado. O farmacêutico tinha um plano secreto para liquidá-lo. A menina era viciada em vitaminas, proibiu-as.

Trancou portas e janelas e ensinou a filha a navegar pela Internet: bate-papo com as amigas, notícias e jogos.

Quando o computador emperrou infectado por um vírus, ele entrou em parafuso:

– É o meu sogro, maldito velho!

O CÃO vai ficando com o focinho do dono, o jeito do dono, o latido do dono, o temperamento do dono.

– O meu bebe cerveja – o machão em risadas de puro gabo.

– O Rex, velho poodle, solta pum pelos cantos da casa – o tímido avô num arroubo de coragem.

– O meu vira-lata entende francês – era a neta universitária na tentativa de fisgar o incauto calouro.

– O Big Teen, tremendo mastim, dança levemente ao som de música clássica – o rapaz delicado num esforço de inserção.

No canto da sala, à luz do abajur, a anfitriã, uma velha senhora, fatigada de tanta parolice, levanta os olhos do tricô e detona:

– O meu simplesmente morde.

– Comprei vinte e cinco metros de linho para embrulhar o presente que me dei. Eu era tão jovem e merecia. Percebi a tempo que vinte centímetros era de bom tamanho.

– Reservei a suíte principal, faz meses que você não vem. Saudade! Depois de um dia, o seu lugar apropriado é o porta-malas do carro.

– Ao telefone, você ficou mais de duas horas, eu só ouvi. Resumindo o conteúdo de sua mensagem: eu e o meu umbigo.

A mulher resolveu dar feito louca e, para economizar, fez do tecido restante toalhinhas higiênicas. A amante convidou para sua cama o político mais perverso: queria a autêntica essência do mal. O amigo desplugou o telefone a pedido do otorrinolaringologista e do psiquiatra.

O presente, o hóspede, a voz masturba-se em frente ao espelho:

– Mais perfeito que eu, só Rodolfo Valentino!

– Por que você não diz o que eu quero ouvir?
– Ok! Eu te amo e você não tem nada a ver com isso.
– E se eu lhe disser a mesma coisa, você aceita?
– É claro!
– Que merda nós somos!

*

– Eu te amo mais do que a mim mesma.
– Isso não vai dar certo, já tenho mãe.

*

– Só quando tiveres um filho entenderás o que é amor.
– Tô fudida, sou estéril!

*

– Por que essa bronca? Você disse que a nossa relação é aberta.
– É aberta para que nós possamos transitar livremente da sua cama para a minha, vice-versa.

*

– Eu te amo tanto, que moraria contigo até numa cabana.
– Não, com certeza tu não me amas.

Em suas visitas, ele sabe deixar a casa impregnada de suas histórias: nos quadros da sala, um pouco dos amores, tantos, vividos intensamente, alma sincera; na cor imprecisa das paredes, a sisudez do avô; nos arranjos florais, a doçura da mãe; na bagunça das almofadas, os conflitos com o pai desajeitado; nas taças de vinho, o carinho pelos amigos, um refrão da paixão e a sua culpa, que lhe pesa, na forma que encontrou para suportar o mundo. Sua presença é plena, vivifica as outras, como o nó que o Diabo deu pra se safar do Paraíso: inocência e pecado. Ele sabe que "na próxima esquina, a dor se transforma em outra emoção", que tudo isso é coisa do bicho homem.

Em seu baú, fabricado lá em Minas, alojam-se, em perfeita harmonia, o cerne de suas dores e o jeito mineiro de ser feliz: o avô entranhado no pai, o pai engastado em seu molde; tantas normas e muitos guetos.

O tamanho de seu desespero só chega ao choro, porque o disfarça em sorriso – ele sabe que nada, absolutamente nada, vai além da extensão de uma lágrima.

Casa sempre aberta, corredores imensos que ligam a rua a sua disponibilidade. O jardim de Monet, em que recebe seus pares, tantas vezes transformado que se tornou uma idiossincrasia: é seu, com direito a caras, fotos e carteira de identidade. Real, pois ali, entre flores e passarinhos, cheiro de alfazema e cravos, reparte a carne tão escassa no mercado. Fantástico porque, se não existisse, todos se sentiriam nele. Ela o criou com delicados desenhos.

Amante incondicional dos livros, passeia serena por linhas e entrelinhas, os olhos descobrindo trilhas, a metalinguagem a caminho e os cachorros a seu lado. No colo, um maltês vesguinho, com nome de filósofo e travessura de criança. O marido atento com um largo sorriso que lhe inunda o rosto.

Sensível e inteligente, aprendeu a conviver com o que vem à direita do "mas", os seus argumentos aproximam os opostos – pés fincados no labirinto das almas.

O MENINO se perde no quintal entre árvores e frutos e, por questionar a existência das coisas, os irmãos o acham esquisito, os amigos pedem distância. Donde vêm as plantas? Será que Deus é do tamanho do mamão? Você vê a cor como eu a vejo?

– Vamos brincar de mocinho e bandido, convida o irmão mais velho, já tendo escolhido o papel de herói.

– Vão vocês, eu quero conversar com as formigas.

Apavorados, mãe e pai procuram o médico. Não é possível, esse menino tem de estar doente, onde já se viu alguém fazer cama para aranha dormir, levar livros para os abacates, alfabetizar os bichos? Ele quer deixar a gente louco!

Senta aqui, respira fundo, abre a boca, conta até três. Vira de ponta cabeça, raio X, exames de sangue, fezes, urina, eletroísto, eletroaquilo, o menino ao avesso: nada. Nunca se viu criança tão normal!

Já em casa, violentado pelo mundo, refugia-se no quintal, entregue aos espinhos, às minhocas e ao aroma das flores – à poesia.

Banho com cheiro de ervas, robe de seda no mais puro vinho – ei-lo, seguro ao longo dos anos, uma taça na mão. Suores, presságios, tentações. No extremo do sofá, o prazer desenhado no corpo de um jovem, rosto de anjo, lábios entreabertos, ponta da língua insinuando safadeza no branco dos dentes, olhinhos travessos, mãos que se aninham entre as pernas. No curto espaço, trava-se a batalha: aríete golpeando minarete.

Não tão distante dali, num campo em que flores exalam perfume, Ártemis, enlouquecida de ciúme, lança sobre Adônis toda a fúria de um javali selvagem, ferindo-o de morte, diante do olhar estupefato de Afrodite.

... ENTRE as pernas, no meio das pernas, subindo pelas pernas, nas pernas, especificamente no pau, esse fogo imenso, além da jactância, do jorro, gravado nos advérbios, que tudo circunstanciam ou escamoteiam, o que dá no mesmo, isto é, no meio das pernas, no gozo supremo, delírio dos vinte anos, surpresa aos cinqüenta, é tudo igual, orgasmo, e tu a me dizeres o nome da coisa, como se ela se estancasse ali, na própria, e não desfiasse um rosário de apelos, a tua mão na minha coxa, a tua boca buscando o meu consentimento, gritando o nome do que sei, do que escorro e que tu bebes, o corpo entranhado no meu, resistência alguma, bobagem, sacanagem, valemos o que somos, não o que pensamos, a cepa é comum, o tesão é a carne, o corpo lambuzado, a tatuagem melada, arpões, grumetes, sereias, bacantes bebendo o néctar, não deposito, esvaio-me, tu brincas de um prazer primeiro, como todas as virgens sonham, eu me escondo entre as pernas, as tuas, o ninho, carinho, molhadinho...

Brás, Mooca, Bixiga, italianos em fala cantada. Os teatros, os restaurantes, a macarronada, as pizzas e os pães, a explosão da vida. A boca se diverte, abastece-se. O corpo lascivo não vai além das esquinas, trancafiado em apartamentos.

Bairro da Liberdade, japoneses, chineses, coreanos em divertida babel. Do lado em que o sol aparece, tudo se queima ao amanhecer. O desejo tem outro nome, impronunciável, palitinhos devoram pecados, carne crua. A alma fica presa nos semáforos.

Vila Madalena, a promessa e a variedade de cardápios. O convite nos bares, bebidas e petiscos para todos os gostos. Na demanda da fome e do prazer, as ruas comportam almas que trafegam sem sair do veículo.

Praça Panamericana ou Largo da Batata, voltas e mais voltas num constante rodopio, anéis viários do desencontro. No neoliberalismo do sexo, quem paga a conta escolhe o que vai comer e com quem se sentar. É a ditadura da Bolsa de Valores, a lei do mercado. E a cidade respeita.

Do Arouche à Cidade Universitária, da Favela Ordem e Progresso ao Masp, variam os corpos e os nomes; de carro, a pé, de ônibus ou de metrô, o apetite não cessa – sede de água, de rios de linguagem.

Nativos, (i)migrantes, forasteiros, visitantes; operários, professores, magnatas, bandidos, trabalhadores, jovens e velhos – no grande mapa há sempre um lugar para se esconder, e espaço para as malas. Não há alfândega para fiscalizar o conteúdo.

Na balbúrdia da cidade grande, a prostituta tem uma noite de amor com seu cafetão, depois o mata; o homem probo flagra a mulher com o jovem padeiro, reconhece que os filhos têm anseios; o médico asséptico casualmente encontra a executiva empedernida, vão do *happy-hour* ao motel; a cantora desembesta o seu canto em plena Praça da República, a voz afinada comove os vendedores ambulantes; a leonina janta com o quarentão rifado pelos cachorros, não rola sexo; a filha siliconada tenta decifrar as folhas em branco, sem história para contar; o mineiro quebra o cadeado do baú e se encontra com suas matrizes; a solidão dos velhos ainda não é tema de discussão, os filhos prestam exames de vestibular; o pai é desalojado das gavetas, a mãe ocupa os espaços e a filha dança uma dança espanhola na casa do amigo solitário que, abrindo as portas, faz da melodia de um verso uma festa da qual participam os marginais, sem máscaras, entre avencas e manacás. "O pintor pinta o homem para afirmar que este ainda não é o homem". Suor e lágrimas desmascaram o ator. O cineasta vai além do expressionismo alemão, blefa com a arte, blefa com a vida. Tudo é de mentira!

Mas eu senti a finitude da vida mexendo com o meu ego.

Catando o cacos do que vi-vi, passeio por corredores inóspitos: alma devassada, formas distorcidas. Levo comigo apenas um olhar extravasando o coração, o mais próximo da natureza íntima das coisas e dos seres, achegado à dor, que é humana também. Um olhar que não pensa me guia, abrandando a angústia, retendo com contornos imprecisos as minhas formas desdobradas em mil, projetadas no outro, multifacetadas personagens, que, só por existirem, dão sentido aos mistérios que não desvendo.

outra porta

Num fim de tarde quente de São Paulo, andando pelas ruas de Pinheiros, deparei com um garoto que vendia camisetas pintadas. Embora ainda não houvesse dominado a técnica, seus desenhos impressionavam: traços fortes, combinação inusitada de cores, formas ousadas. Um jovem à procura de reconhecimento, com apenas quinze anos! Da rua conhecia tudo, ela fora o seu lar. Dono de si, com o orgulho próprio dos que não têm medo, vendia o seu peixe. E como vendia! Discorria sobre pintores famosos, fazia comparações, pequenas chantagens emocionais, era simpático: os passantes não resistiam. Como bom pintor, em rápidas pinceladas e poucos traços, desenhou sua vida: a morte dos pais, o drama sob os viadutos, a convivência com a marginalidade, a casa que o recolhera e a descoberta dos afetos. Voltei às camisetas:

– O seu trabalho é bonito, você deve ser um garoto legal!

– Senhor, a gente só tem uma saída: ser legal. A outra é muito fácil.

* * *

Desde que escrevi meu primeiro conto, *In: Cartas*, aos dezenove anos, cursando Letras, o tema da intransitividade esteve presente como visitante indesejado, espécie de pentimento nas narrativas, perturbando-me, dente do siso inflamado, unha encravada, medo da sentença fatal, impossibilidade de conviver.

Não havia como fugir, dei-me conta, sou um intransitivo, por minha história, minhas opções, meu modo de vida, o jeito de olhar e aferir a realidade, as palavras com que visto o outro, o afeto no meio do caminho, minha intolerância, os livros que li, a inadequação, a incapacidade de dialogar com um mundo cada vez mais intransitivo. Somos todos, pelas mais diferentes razões, intransitivos: o amor que não queremos, o orgasmo que não fecunda, o tapa que damos como simples extensão do braço sem se dar conta do rosto que atingimos, a nossa inoperância, "gula e jejum" drummondianos, a omissão diante dos fatos revoltantes, a impossibilidade de estender as mãos, o arrivismo, o oportunismo e os olhos cegos para a miséria humana, incontáveis intenções perdidas entre o anseio e o ato, o amor em vômito. A única saída é ser legal – tem razão o pobre diabrete! Como dormir com essa síntese, quando a gente se alimenta de carne e espírito e sabe que o show não pode parar?

De cena em cena, em todos os espetáculos de que participei, convivi com intransitivos que se valem da intransitividade para perpetuar o "status quo", tirar a pele dos seus pares e receber o troféu de heróis, ratificar milênios de escravidão, com a indiferença que reduz o sagrado ao vulgar: perversão oculta num universo de aparências. Nessas mesmas peças – para compensar a sentença de que nem tudo está perdido, talvez resquício cristão –, integravam o elenco outros atores, que consciente ou inconscientemente tentaram transcender a barra da existência, buscando na alteridade as lacunas do próprio eu, defeito de fábrica, Deus me perdoe! Estes experimentaram, muitas vezes em vão, despir-se das palavras, diminuir e aceitar a incômoda distância entre os homens, fossos em que nos protegemos, nestes tempos de inútil defesa. A segurança está no barco, mas o mar é amplo e contém vida; eles mergulharam.

Este livro é composto dos dois tipos, transformados em matéria narrativa, personagens, conflitos, tramas, mas eu intuo que na vida tudo pode partir da entropia, a palavra de ordem ainda não foi dita, pois a originalidade está na forma com que cada um expressa sua dor – o grito de um difere, em sutilíssimos tons, do berro do outro. Desse caldeirão nasceram *Os Intransitivos*; se os leitores se sentirem intransitivos também, isso é contingência da alçada do Criador.

A minha alma busca as "afinidades eletivas", que fizeram do amor e da amizade uma ponte para chegar ao outro, no difícil exercício de conviver: os meus intransitivos prediletos, dispostos a estancar, nas tardes cinzentas e nas noites frias, o jorro do mundo sangrento para que eu pudesse suportar as humanas contradições. O ombro, a muleta, o travesseiro de penas macias, presentes em minha casa, mesmo se estivessem em outras terras, redes para as minhas quedas. O outro sentido da viagem eu aprendi com eles, gatos peregrinos do mesmo sangue que corre em minhas veias, a raça, a ternura, olhos postos no mundo afugentando o medo, subtraindo o riso à dor, notas musicais e poesia com que me alimentam e me inspiram; espelhos com que pude encarar e enfrentar o drama, o desconhecido, o insólito da vida, o território inóspito, a vertigem e o avesso da paixão, o desânimo da fadiga; meus duplos, com direito a baú, violoncelo e oboé, a sonatas barrocas sob o céu de Ouro Preto e a muitos "causos" para se contar no alpendre; responsáveis pelo ponto final deste livro, puxões de orelha e companheirismo – o porto, o remanso, as mãos abertas no fim da estrada, o verbo amar com todos os sotaques: *Emília* (a compreensão no porto seguro), *José Emílio* (o mineiro das mil almas), *Reinaldo e Maria do Carmo* (o apoio incondicional), *Rita* (o sorriso alegre da loucura), *Zé Roberto* (a teimosia da felicidade), *Terô* (a força da decisão), *Carolina* (o pinguinho voluntarioso), *Cely e Michele* (o prazer do diálogo), *Dan* (a versatilidade da experiência), *Maria Alice* (o delicado jogo de cintura), *Bete* (a ausência do ponto final), *Edésio* (a necessidade de pausa), *Toninho e Márcia* (o turbilhão de vozes), *Leo* (a imensa confiança), *Belém* (a alegria das contradições), *Ovanil e Regina* (a busca incessante), *Pedrinho, o tchutcho* (a lente que perscruta), *Adriana* (o companheirismo arretado), *Celina e Zé* (o constante reencontro), *Marisa* (o silêncio fecundo), *Zilá* (a exuberância teimosa), *Dinda* (a risada escancarada), *Walter* (a intransitividade serena), *Cacildo* (o ditongo e o hiato), *Raquel* (o encontro silencioso), *Medina* (a sabedoria amiga), *Fred* (o verso forte), *Clenir* (a fúria da determinação), *Caldini* (a certeza no sorriso), *Maurício* (my friend), *Rubão* (o ombro conquistado), *Odilon* (o acordo tácito), *Jucenir* (a força do silêncio), *Thales* (outra lente a perscrutar), *Patrícia* (a mulher do verbo), *Mário* (a voz calma), *Heitor* (o humor dos pampas), *Mônica* (a tranqüilidade da tarde), *Dona Vera* (a ironia experiente), *Cecília* (o olho da compreensão), *Percy* (a divisão de pesos), *Wagninho e Maria Ilda* (a harmonia dos contrários), *Humberto, Esther, Renato, Lúcia, Guilherme, Valdir, Jarbas, Chico, Hespanhol, Émerson, Tundher* (os companheiros do Vale), o*s dois Gilbertos* (a ambigüidade consentida), *Armando* (o horizonte intocável), *Ademir* (a infância revisitada), *Francisquinho* (a consistência dos afetos), *José Eduardo* (as reticências mineiras), *Irineu* (o sorriso e a esperança devolvidos), *Carmita* (a ordem no caos), *Joana e Áurea* (a serviço da cumplicidade), *Bel e Glória* (a ternura além das regras), *Cal e Ivone* (os braços abertos), *meus cunhados e minhas cunhadas* (a ampliação da família), *todos os meus sobrinhos* (o respeito em dose exata), *todos os meus alunos* (a renovação constante, "o caminhar de mãos dadas") *todos os colegas professores* (a certeza de que o fardo pode ser dividido).

Meus irmãos: *Aparecida* (a tenacidade pioneira), *Amantino* (a intensidade de viver), *Pedrinho* (a convivência com a paz), *Lourdes* (o destemor da alegria), *Mercedes* (o riso sobre a dor), *Gertrudes* (a delicadeza além dos espinhos), *Conceição* (a insistência dos sentimentos), *Divino* (o coração transbordante), *Maria José* (o convite para dançar), *Odila* (o meu cofre de segredos).

Título	*Os Intransitivos*
Autor	Cacá Moreira de Souza
Design	Ricardo Assis
Assistente de design	Heloisa Hernandez
Foto do autor (orelha)	Thales Trigo
Editoração eletrônica	Negrito Design
	Aline Sato
	Amanda E. de Almeida
Formato	16 x 23 cm
Tipologia	Janson Text
Papel de capa	Cartão Supremo 250 g/m²
Papel de miolo	Couché fosco 115 g/m²
Número de páginas	200
Impressão e acabamento	Lis Gráfica

Este livro foi impresso na
LIS GRÁFICA E EDITORA LTDA.
Rua Felício Antonio Alves, 370 – Jd. Triunfo – Bonsucesso
CEP 07175-450 – Guarulhos – SP – Fone. (0xx11) 6436-1000
Fax.: (0xx11) 6436-1538 – E-Mail: lisgraf@uninet.com.br